バスカヴィル館の殺人

第一幕

解決篇

核シェルターの施設内で起きた猟奇殺人。その最後の謎が〝探偵〟により解かれようとしている。

無機質な壁。薄暗い照明。楕円形《だえん》のテーブルを囲むように集まっている区画の住人たち。シェルターの中央に位置する共有ルームを〝探偵〟は推理披露の舞台に選んだ。共有ルームには住人たちの居室が隣接し、そのうちの二部屋だけ扉が開け放たれている。どちらの部屋にも防護服に身を包んだ死体が足を投げ出して壁にもたれている。その散大した瞳は〝探偵〟たちに向けられていた。

重苦しい空気に反し、〝探偵〟だけが軽快に喋《しゃべ》り続けている。〝探偵〟の口上を聞いていた男は白衣の袖を密《ひそ》かに捲《めく》り、腕時計を見た。科学者兼助手として〝探偵〟をサポートしてきた二泊三日の行程が終わりに近づいている。

〝探偵〟が犯人を示し、トリックを解明し終えると、住人の一人、ユリアが美貌を悲しそうに歪《ゆが》めて疑義を呈した。

「なぜ、シュウさんが彼らを殺さなければならなかったんですか！」

「そ、そうですよ！　どうして僕が？」

シュウが尻馬に乗って叫ぶ。

「ワシもシュウが人を殺すとは思えんが……どういうことかな？」

男は〝探偵〟に動機の説明を促した。

すでに手口と証拠が明示されているのだから、シュウの犯行であることは疑いよう

がないのだか、動機まで明らかにしないと完全解決とはならない。

〝探偵〟は確信に満ちた顔でシェルター7《セブン》の住人を見回す。

「地上が放射能に汚染され、我々は地下施設で共同生活を送ることになりました。この区画で暮らしていたのは男性四人と女性六人。そのうち殺されたのはケンさんとトキオさん。いずれも二十代の男性です。彼らが放射能の防護服を着たまま室内で殺されていた理由は説明したとおり。ただ……」

〝探偵〟は人差し指と中指をピンと揃《そろ》えて額に押し付ける。普段からそんな仕草をしているわけではないので、この時のために考えてきたポーズだろう。

「私が隣の区画からやってきた当初、このシェルターに蔓延《まんえん》している異様な空気に気づきませんでした。なぜなら、すでにケンさんが殺された後だったからです。しかし、このシェルターを長らく支配していたのは、歪んだ……いや、むしろ根源的と言ってもいい、残酷な男女関係でした。私が来た時、女性陣は全員トキオさんとの交際を求めていました。しかし、ケンさんが存命中は彼が一番モテていたそうですね」

〝探偵〟の指摘を受け、女性たちは一様に目を泳がせた。

「その後トキオさんも殺された。すると、今度は私に言い寄る女性が現れた」

男は安堵《あんど》した。

どうやら〝探偵〟は、この先ヒント無しでも真相に辿《たど》り着きそうだ。

同区画のイケメン男性二人が死んだ後、女性陣が隣の区画から来た〝探偵〟に誘い

をかける。これは大きな手掛かりでもあり、〝探偵〟へのサービスでもある。

「つまり、誰一人、シュウさんを男性として相手にしてこなかった。ある意味、殺人と同等の残酷さです。男性より女性が多い閉塞空間。なのに、女性は皆、上位の男性たちに独占されてしまう。皆さんは先ほど、『なぜ、このような状況で殺人など起こす必要があるのか』と問われました。しかし、犯人──シュウさんはこのような状況だからこそ、勝ち組の男性二人を排除しなければならなかったのです」

黙って肩を落としているシュウの横で、もう一人の男性ラオが手を挙げた。

「では、どうして、私は殺されなかったのですか」

「あなたはもう六十代。さすがにシュウさんも自分の方がランキング上位だと踏んだんでしょう。ねえ、シュウさん？」

シュウは観念し、頷《うなず》く。

〝探偵〟は優越感たっぷりの笑顔でシュウの肩に手を置いた。

「あなたの苦しみを私は全て理解できない。しかし、これだけは言えます。このシェルターで起きた奇妙な連続殺人は、残酷なランク付け社会に対する反抗だったのです」

七十点あたりか。まずまずだな──。

男は顎を撫《な》でた。

一部、詰めの甘い推理もあったが、男のフォローによって過不足なく、説明できている。ヒントが無ければ解けなかったくらいなので簡単過ぎたというクレームも来な

いだろう。

男は〝探偵〟を褒め称《たた》えた後、地上へと案内した。

〝探偵〟を先頭に一同が、ぞろぞろと階段を上っていく。奥の部屋に転がっている死体には見向きもしない。〝探偵〟以外の面子《メンツ》は全員運営側の人間だから当然だが、〝探偵〟ももはや全く気に留めていないようだ。

男にとって見慣れた光景ではあるものの、今回は妙に鼻白んだ。

〝探偵〟が地上に出ると同時にファンファーレが鳴り響き、スタッフ一同が拍手で出迎えた。キャストたちも〝探偵〟を取り囲み、拍手を贈る。

薄暗い地下から一転。清々《すがすが》しい快晴の空の下、祝賀パーティーが始まった。

男はキャストから給仕に転身し、せかせかと動き回る。

日本から遠く離れた絶海の孤島。天気が少し不安だったが、なんとか晴れてくれた。雨天の場合でも地上の建物でパーティーを行える。しかし、肝心なのはギャップだ。地下シェルターで起きた事件のアフターパーティーは解放感のある野外がいい。クライアントの満足度も段違いなはずだ。

「いやー、楽しかったですよ。二泊じゃ短すぎましたね。次回は三泊でお願いしようかな」

〝探偵〟の衣装のまま、すっかり泥酔したクライアントが陽気に話しかけてきた。

「是非とも。大長編のシナリオにも対応しておりますので」

男が丁寧にお辞儀をすると、クライアントは得意げな顔でワインを飲み干した。

「ただねぇ、惜しむらくは今回、殺人の手口は面白かったんですが、犯人がすぐ分かっちゃいましたね。次は難易度をもっと上げてもらって大丈夫ですよ」

「かしこまりました」

ヒントをかなり出したことは伏せておく。

クライアントの推理ミスを指摘してもらえるか否かが全てだ。重要なのはクライアントの満足度。もっと言えば、リピートしてもらえるか否かが全てだ。

幸いクライアントは再び申し込むと確約し、女性キャストたちとの会話に戻っていった。

「ったく、酷《ひど》い仕上がりだった。近年のワースト決定だな」

背後から不快な声が聞こえた。

振り向くと、ライターがわざとらしく腕組みをして睨《にら》んでいた。態度の悪さはいつものことだが、クライアントの前だ。社会性が貧しいにも程がある。

「先生！　お話はあちらで」

いつもの悪態をクライアントに聞かれては面倒だ。男は近くの建物にライターを連れて行った。

男の予感は当たっていた。建物に入るなり、ライターの口から文句が溢《あふ》れ出した。

「ずっと黙ってたけどさ。今回の流れはどうなの？　あれでＯＫだと思ってるの？」

「はあ……」

男は神妙な顔を作って黙った。

ライターに指摘されるまでもなく、今回の「仕事」は決して出来が良かったとは言えない。

男の会社は、世界の富裕層にリアルな推理ゲーム「探偵遊戯」を提供している。探偵遊戯では、クライアントが探偵役となり、殺人事件の謎解きを楽しむ。男ら運営はクライアントの希望に沿った企画を作り、舞台からキャスト、シナリオに至るまで全ての準備を手掛ける。オーダーメイドとはいえ参加費は億を優に超える。たかが推理ゲームに富裕層が大金を払う理由は、実際に殺人が行われるからだ。本当の殺人、本物の死体。〝探偵〟は、この「リアル・マーダー・ミステリー」を捜査することができる。刺激と非日常を求め、数億円もの参加費を惜しまない富裕層は世界中にいて、二百年以上前から海外の裏社会で隆盛となった。専門の会社も存在し、男はその日本支部で制作部のチーフを務めている。

「シナリオ書いてる人間の身にもなってよ」

聞き流していると、ライターの嫌味はエスカレートしていった。

「もうさ。ほぼ答え言ってたでしょ。最後のなんてヒントってレベルじゃないよ。『被害者たちはイケメンですしね』なんて台詞《せりふ》、どうして科学者が言うわけ？」

「……あаでも言わないと、推理が進まなかったもので……」

「その点も言いたい。そろそろやめない？　クライアントのご機嫌取りを優先するの。もっとミステリーの本分、謎解きのクオリティーを優先しようよ。さすがに、今回のは作家としてプライドが許さないって」

「はあ……」

売れないミステリー作家のくせに。お前のプライドなんか百円の価値もないんだよ。

男は本音を胃の中に留《とど》めた。

「それにさ。避難者の女たちが〝探偵〟にベタベタするの不自然でしょ？　そんなのシナリオに入れてなかったよね」

「それは……」

女性キャスト陣に〝探偵〟を「接待」させたのは男の指示だった。そうでもしなければ、クライアントを満足させられないと考えたからだ。

参加費が莫大《ばくだい》な探偵遊戯は新規顧客の集客に力を入れるより、得意先に何度もリピートしてもらうのが正攻法。目の前で起こる殺人により絶対的な非日常とスリルは担保されているが、それだけではいずれ飽きがくる。本物の死体に加え、謎解きの質も求められる。その点に不満を持たれては大金を払って参加している〝探偵〟からクレームが寄せられ、リピートが途絶えてしまう。

もちろん、完璧なシナリオなど存在しないし、被害者たちの動きや〝探偵〟の捜査方針などによってシナリオはどんどん変わっていく。リアルタイムでの修正作業は避

けられず、小さなミスや突っ込みどころが出てしまう可能性もある。

だからこそ、謎解き以外にも楽しめる要素を提供し、総合的な満足度を高める。高級料理や絶景、アンティークなどが常とう手段だ。

しかし、今回は核戦争後の地下シェルターという設定上、それらは使えない。何より、このライターの書いたシナリオが杜撰《ずさん》だった。男の休養中に上司らが通してしまった企画で、本来ならコンセプトから書き直しさせるレベルだ。

文句なら、こっちだって言いたいことが沢山ある。が、上司がゴーサインを出した以上、男の立場でひっくり返すこともできなかった。苦肉の策として、「接待」のできる女性キャストを集めたのだ。

運営の手際にケチをつける前に自分のシナリオを見直せ、三流。

内心で毒づくも、ライターに面と向かっては逆らいにくい。

「実際に殺人を起こすシナリオを書いてくれ」と言われて了承するミステリー作家はまずいない。ミステリーを書けて、かつ殺人を許容し、探偵遊戯の存在を絶対に口外しない。そんな希少な人間をリクルートするのは至難の業だ。希少なライターにヘソを曲げられ、執筆が遅延すると業務に大きな支障をきたす。

そのため男もとっくに切れた堪忍袋の緒を握りしめて平身低頭せざるを得なかった。

だが、最近その状況にも変化が現れた。

「生返事ばかりだな。ちゃんと聞いてんの？」

ライターのいびりが続く。おそらく自分でもシナリオの不出来を認識しているのだろう。責任転嫁の目的もあるのかもしれない。

「病み上がりだからって、雑な仕事されたら困るんだよ」

男のこめかみが波打った。

ブランク明けの現場復帰であることは事実だが、非難される筋合いはない。

「ご不満がありましたら、上の者にご報告ください」

「え？」

突き放されるとは思っていなかったのか、ライターが固まった。

「クライアントの側《そば》に付いていなければいけませんので、失礼します。先生はバックヤードで待機を」

立ち去る背中にもライターの悪態が飛んできた。

男は聞こえないふりをして建物を出る。

忙しさにかまけ、健康診断を先送りにし続けていた昨年、突如喀血《かっけつ》し、意識を失った。なんとか職場復帰を果たしたが、男の心境は大きく様変わりしていた。

勘違いライターに気を遣うのも、もう限界だ。

いい加減、あいつのケツを叩《たた》かないと――。

＊

額縁の中で、キューピットが羊飼いの尻に矢を向けている。

「これ、いくらするんでしょうね」

新人が壁に掛かった絵画をまじまじと見つめた。靴のつま先が忙《せわ》しなく上下されている。

「うろうろするな。落ち着いて座ってろ」

画廊のソファに腰かけていた男が低く言った。

「すいません」

新人はしょんぼりして、男の隣に座る。

窓から見える銀座の路地は薄暗くなり始めている。『核シェルター殺人事件』を終えて一週間。男はクライアントとの打ち合わせに新人のライターを同席させた。

現在、所属しているライターは二人。一人は『核シェルター殺人事件』のシナリオを担当した売れないミステリー作家。文壇バーで、くだを巻いていたところをスカウトされ、探偵遊戯のお抱えとなった。今日同席させたのは、もう一人のライターだ。もともと殺され役として探偵遊戯に参加していたが、並外れた洞察力、推理力、ミステリーの造詣を活かして生き残り、ライターとして雇われた。ところが、半年以上経《た》っても一本も着手せず、会社の期待は裏切られる形となっていた。

「またシナリオを断ったらしいな」

男は新人ライターを睨んだ。

「いや、断ったんじゃなくて、僕には書けないと……」

「同じことだ。これ以上、仕事をしないならクビだぞ」

「……くび？」

完全な違法行為である探偵遊戯は絶対秘密厳守。そのスタッフを外されるということは死を意味する。だから、傲慢な勘違いライターでさえ、仕事を断ることだけはしない。この新人はのらりくらりと仕事から逃げ続けてきたが、もう限界にきている。

「で、でも……仕事なら……」

新人は口を尖《とが》らせた。

「雑用はライターの仕事じゃないだろ」

「はい……」

新人がシナリオから逃げている理由は明確だった。人を殺すシナリオの執筆に抵抗があるのだ。本来なら即クビになるところを、この新人は代わりに雑用を申し出ることで延命していた。衣装の管理からスタッフの食事の準備、遺体処理に至るまで裏方の雑務を何でも引き受けている。探偵遊戯で出た死体は島内で火葬し、海に散骨するのだが、血痕や危険物の後始末もしなければいけないため進んでやりたがるスタッフはいない。何でも請け負う新人の存在は、人手不足の運営としては助かるが――。

「お前はライターとして雇われているんだ。それを忘れるな」

「すみません……」

「時間よ」

コツコツとヒールの音を鳴らし、画廊の奥から上司が出てきた。いつもクライアントとの打ち合わせではミニスカートを穿《は》いているが、今日はパンツスーツ姿だ。

クライアントの到着はすぐに分かった。

画廊の前に高級車が横付けされ、運転手のエスコートで人影が二つ、車から降りた。男は玄関に走り寄り、上司と共に扉を開けた。

クライアントの顔は把握済みだ。貴族趣味を思わせる服装の女性を同伴している。

「お待ちしておりました」

上司が深々と頭を下げ、クライアントを画廊の中に案内した。

「打ち合わせ場所としては気が利いていますね」

壁一面の絵画に目をやりながらクライアントが口角を上げた。片腕は同伴女性の腰に回されている。

「弊社は非日常を提供しております。打ち合わせもその一部ですので」

上司はクライアントと同伴の女性にソファを勧めた。

誇らしげな言い草だが、画廊を選んだのは男だ。探偵遊戯の打ち合わせは場所選びが難しい。隠語を使ったにせよ殺人の算段を第三者に聞かれるのは好ましくない。クライアントは人目を気にする。互いのオフィスや自宅は使えず、ホテルのラウンジも

不可。そのため個室を借り切って行うことが多い。画廊も頻繁に使用している。閉店後のスペースをレンタルするのだ。ホテルのパーティールームを借りるより安上がりな上、打ち合わせスペースとして非日常を演出できるので重宝している。

「手短に済ませましょう」

それでもクライアントは長居をしたがらない。

「心得ております。お飲み物は？」

「紅茶を」

「私も」

二人の希望を聞いた男は隅に控えていた部下に視線を送った。部下は一礼して奥の給湯室に消えた。

「ご要望がございましたら先に伺えればと思うのですが。舞台となる場所や世界観はもとより、密室トリックを解きたい、犯人当てを楽しみたい、猟奇殺人を見たい等のリクエストも何なりと実現させていただきます」

上司が切り出すと、クライアントよりも先に同伴の女性が口を開いた。

「あまり、グロテスクなものは趣味じゃないんですよね」

男は上司と視線を交わした。

おそらくクライアントは、この女性を探偵遊戯にも同伴するつもりなのだろう。クライアントが知人と共に参加することは珍しくない。

「血しぶきとか切断とか……」女性は人差し指で顎を支え、考える素振りをする。「とにかく大量の血が出るのは嫌いかな」

するとそれまで陰鬱だった新人ライターが表情を明るくした。

「それじゃ、死体が出ない事件はどうでしょう？　怪盗モノとか」

「うーん、でも殺人が起きないとミステリーって感じがしないでしょう」

女性はあっさり否定した。何だかんだ言っても死体は見たいらしい。

毒殺しようが、全身をバラバラにしようが、殺人は殺人だ。期待が潰《つい》えたライターは捨てられた猫のような目をして、再び俯《うつむ》いた。

「もう少し具体的に言わないと」やり取りを聞いていたクライアントが口を挟む。「好みで言うと、海外の古典ミステリーが好きです。ドイル、クイーン、クリスティあたり。できれば、あの世界観で推理に興じてみたい」

「はあ、素敵ですね！」

上司が大げさに賛同する。

男が横目でライターを見ると、戦意喪失といった表情で放心していた。

お前が内容を考えるんだぞ。

脇腹を肘でつつくと、ライターはびくんと身体《からだ》を震わせた。

「でも、ちょっと参加費が高いよね？」

無遠慮な女性の発言に、上司の笑顔が固まる。

「五億だっけ？　十億だっけ？　もっと？」

眉を寄せる女性の背中をクライアントが撫でる。

「費用は気にしないで。人間は何事も経験。それに、ほら……昨日のパーティーで会ったフェラーリの彼」

「ギャンブル好きの？」

「彼は先月マカオで二十億溶かしたって。それに比べたら可愛《かわい》いもんでしょ」

女性は笑ってクライアントの肩にしなだれかかった。

今回、クライアントは観客を入れない完全プライベートのプランを希望している。その分、参加費は割高となり、二十億円ではとても収まらない。

「料金はご希望に沿った形で提案させていただきます。お二人でご参加いただいても構いません」

ここに来て話が流れてはたまらない。

必死にまとめようとする上司の横で、男は感情を殺して微笑《ほほえ》んだ。

人に言えない仕事をしている分、男の給料は一般的なサラリーマンよりも高い。が、あくまで庶民の範疇《はんちゅう》だ。クライアントたちの金銭感覚は一生かかっても理解できないだろう。

結局、打ち合わせは十五分程でまとまり、クライアントと女性は紅茶に口もつけず、帰って行った。

「どのくらいで書ける？」

男が尋ねると、ライターは顔を伏せた。

「書けるか、じゃない。書くのよ」

上司が見向きもせず、ソファに腰を下ろす。

「新人くん。これが最後よ」

「はい……」

上司に詰められたライターはがっくりと肩を落とした。

静まり返ったところに給湯室から部下の女性が戻って来た。着ているスーツは高級だが、小柄で化粧も薄いため就職活動中の学生にも見える。

「さっき……クイーンって言ってました？」

部下は空気を読まず、誰にともなく訊《き》いた。クライアントとの話を耳にしていたようだ。

「クライアントはクイーンがお好きだそうだ」

男が答えると、部下は破顔した。

「そうですか！　やっぱりクイーンですよね。特に、首無し死体モノ。あれって犯人が被害者のフリをするのが定番ですけど――」

普段無口な部下が饒舌《じょうぜつ》になり、男は驚いた。

こいつもミステリーフリークだったのか。

配属されて間もない部下の意外な一面。仕事のため義務的にミステリーを読んでいる男にとって、この手のタイプは羨ましくもあり、苦手でもあった。

「……バールストン・ギャンビットですね」

気づくと、ライターが顔を上げ、目を輝かせている。

こいつもまた筋金入りのミステリーフリークだ。

「はい。でも、クイーンはそれを逆手にとって驚かせていますよね。ほぼ一世紀前にですよ。ほんと驚いちゃう」

「そうです、そうです！　しかも後期クイーン問題にも自覚的だったってのは――」

「いい？」

盛り上がりかけた若手同士の会話を上司が遮った。

「今回は、リピーター獲得のチャンス。気合を入れていきましょう。まずは、来月中にシナリオのプロットを出して。だいぶ余裕のあるスケジュールよね」

上司は男に確認した。なぜか、「余裕」であることを強調している。

「ええ。それだけあれば、プロットの一つや二つ作れるでしょう……だよな？」

有無を言わせないつもりで男はライターに返答を求めた。

しかし、新人ライターは簡単に「無理ですよ」と突っぱねた。

「お前……」

「……ん？」

するとライターは何やら閃《ひらめ》いたらしく、宙を眺めながら考え込んだ。

「どうなんだ？」

男が焦《じ》れる。

ライターは両手を頭に乗せて、うんうん唸《うな》った後、唐突に男の顔を見た。

「……書いてみます」

「お、そうか！　楽しみだな」

いつもと違うライターの反応に、男は期待を抱いた。

しかし、翌月、プロットが上がることはなかった。

第二幕

Xの悲劇

1

北大西洋沖を一隻のクルーザーが走っていた。

まさか、こんな形で探偵遊戯に参加するとは――。

豪華なリビングスペースで明智凛子《あけちりんこ》は後悔の念に苛《さいな》まれていた。窓から見える曇天と鉛色の海が余計に気を重くする。

「明智」も「凛子」も本名ではない。探偵遊戯への参加にあたり与えられた名前だ。

これから三日間、孤島に建てられた館で過ごす。脇に置いた旅行鞄《かばん》には細かい指示が書かれた「指示書」が入っている。

発端は酒だった。かつて探偵遊戯にヒロイン役として参加したことをバーで愚痴と共に喋ってしまった。凛子を探偵遊戯の運営に紹介した店だったので気が緩んでいた。

しかし、探偵遊戯の存在を外の世界で漏らすのは御法度。運営の裁定によっては、ただちに殺される。運営から詰められた凛子は処刑を免れる代わりに、探偵遊戯に強制参加させられることとなった。今回はヒロイン扱いではない。役割について一応の説明はされているが、どうしても気が滅入《めい》ってしまう。

「さぶっ」

小さく呟《つぶや》いて、腕をさすった。

もうじき春だというのにジャケットを着ていても寒い。

凛子は気を紛らわそうと乗客用のリビングを見回した。ウッド調の内装。ローテーブルを囲む高級ソファ。絵に描いたようなラグジュアリーさが居心地を悪くする。

対面のソファで男性客が本を読んでいた。おそらく三十代後半。やや細身だが、姿勢がよく、高級スーツが似合っている。大手企業の役員と言われても信じるだろう。

乗船時に自己紹介された名は「茶近神郎《さこんかみろう》」。

凛子は茶近をそれとなく観察した。

この男は〝探偵〟か、運営の人間か……。

事前情報はほとんど与えられていない。クライアントの情報流出を防ぐため〝探偵〟の人となりを当日まで知らされないのはいつものことだが、今回はシナリオの詳細はおろか、運営側のキャストすら最低限しか知らされていなかった。

甲板《かんぱん》から女性の笑い声が聞こえた。

視線をそちらに向けると、二人の女性が海を背に談笑している。

一人は「高鍛冶陽《たかかじあかり》」。デニムのスリムパンツに黒革のロングコートを合わせた姿はショートカットも相まって宝塚の男役を思わせる。二十代に見えるが、口調は落ち着いているので、もう少し上かもしれない。ただでさえ女性にしては背が高いのにヒール付きのブーツを履いており、挨拶の際、凛子は見上げないといけなかった。

もう一方の「椅蜜《あおぎりみつ》」は、チェック柄のワンピースにファー付きのロングコートを重

ねている。陽とは対照的にメイクも柔らかく、喋り方もふわっとした印象だ。陽より少し若いだろうか。育ちの良さが滲《にじ》み出ていた。

どちらの服装も高級ブランドで統一されており、凛子は引け目を感じた。凛子はノーブランドの紺ジャケットにスーツパンツ。貸し出された衣装だが、女性としては扱いの差が気になってしまう。

陽と蜜の会話はたわいもないものだった。彼女たちが〝探偵〟なのか、運営側のキャストなのか知りようもないが、四人は全員初対面ということになっている。実際、凛子は初めて見る顔ばかりだ。

いずれにしても、こちらから無理に話しかける必要はなく、むしろ余計なことはしない方がいい。乗船時に三人と挨拶したきり凛子は無言を貫いていた。

そのまま黙り続けること一時間。船が速度を落とした。

甲板に出ると、眼前に孤島が迫っていた。かなり大きく、島全体が鬱蒼《うっそう》とした森に包まれている。

凛子は小さく深呼吸した。

ここが今回の舞台だ。

「到着いたしました」

操縦士の瀬々《ぜぜ》が船着き場にクルーザーを留め、一同に下船を促した。

三人の乗客が次々とクルーザーを下り、凛子も後に続いた。

島の周囲は切り立った崖もなく、なだらかに浜辺が延びている。

「こちらでございます」

瀬々の案内で島の中央に向かう。曇天が災いし、森はかなり薄暗い。やがて、わずかに木々が開けると、黒い洋館が姿を現した。

「バスカヴィル館でございます」

瀬々は芝居がかった紹介をしてから庭園の門をくぐった。

木材と石で造られた二階建ての館は全体的に黒を基調とし、威厳と風格を感じさせる。玄関まで向かう小径《こみち》を歩いていると、右手に木造の離れが見えた。

玄関に辿り着き、瀬々が呼び鈴《りん》を鳴らした。

ややあって大扉が開き、館内から出てきた執事が恭しく頭を下げる。

「ようこそ、おいでくださいました。執事の袋小路《ふくろこうじ》と申します」

四十代の中肉中背。これといった特徴もない袋小路を見て凛子は少し安堵した。わずかに漂わせる親しみやすさも影響しているが、何よりやっと知った顔に会えたからだ。

制作部のチーフでもある袋小路とは事前に幾度も打ち合わせしている。凛子が把握している数少ない運営の人間だ。

「高鍛冶陽さま、茶近神郎さま、椅蜜さま、明智凛子さま、でいらっしゃいますね」

名前を確認された来客たちが順に同意を示す。

「女性のお荷物はこちらの使用人、市原《いちはら》と石室《いしむろ》にお渡しください」

袋小路の傍らに割烹着《かっぽうぎ》姿の年配女性と若いメイドが控えていた。

「お部屋へご案内いたします。男性は西棟、女性は東棟にお部屋を用意しました」

客室のある二階は西と東に隔てられており、それぞれ別の階段で一階と繋《つな》がっている。

「それでは後ほどまた」

茶近は軽く会釈をして、瀬々の案内で西棟への階段を上がっていった。

女性陣の荷物は袋小路と市原、石室が手分けして持ち、東棟へと案内した。

「あら」

二階に上がったところで蜜が小さく感嘆する。

廊下の壁一面に書棚が立っていた。どの棚も古典ミステリーで埋まっている。

「原書から日本語訳まで揃っております。ご興味がございましたら、お部屋にお持ちください」

「東野圭吾《ひがしのけいご》はあります？」

蜜が天真爛漫《てんしんらんまん》に問うと、袋小路は恐縮した。

「申し訳ございません。古典のみとなっております」

「有名どころは揃っているようですね」陽が並んでいる本にさっと目を走らせる。「でも……ホームズは置いてないようだけど」

「はい。シャーロック・ホームズとエルキュール・ポワロのシリーズは離れの書斎にございます。お読みになりたければ、館主にお申し出いただければと。喜んで貸し出すと思います」

陽はひらひらと手を振った。

「いえ。気になっただけですので、お気遣いなく」

「ポワロ以外のクリスティは置いてあるんですか」

凛子は書棚に近づいた。

「はい。シリーズと短編合わせ、全て揃っております」

袋小路が胸を張った。

「せっかくだから、ここにあるクリスティのシリーズ物を一巻ずつ借りようかな」

凛子はクリスティの棚からポワロ以外の各シリーズを一冊ずつ手に取った。どれも読んだことがない。実はポワロすら未読だった。凛子のミステリー歴は探偵遊戯の仕事をするにあたり、勉強のため数冊読んだ程度だった。

手にした本も別に読みたいわけではない。これも「仕事」だ。

必要な本を抱えた凛子は最奥の客室へ通された。

広々とした一室にベッドとテーブル、ソファが置かれ、風呂とトイレも付いている。

「すでに到着されているゲストの方々は応接間にいらっしゃいます。よろしければ、ご挨拶されてはいかがでしょうか」

荷物を渡す袋小路の口調は穏やかだ。

しかし、その目は「段取りを忘れていないだろうな」と告げている。

凛子は「ええ。そうします」と薄笑いを浮かべた。が、ドアを閉めるなり、荷物と本をテーブルに放り出し、窓際の一人掛けソファで一息つく。

到着したばかりなのに、かなり疲れていた。

大きな窓からは庭がよく見えるものの周りを森に囲まれているため、見晴らしが良いとは言えない。

これから二泊三日の探偵遊戯が始まる。

いつもと勝手は違うが、役割をこなすという点は変わらない。今回もそれだけ考えればいい。

凛子は自分に言い聞かせて、瞑目《めいもく》した。

眠ってしまったのか、一瞬意識が飛んだ。ドアのノックがそれに気づかせた。

凛子は慌てて立ち上がり、ドアを開けた。

蜜が満面の笑みを浮かべて立っていた。背後には陽の姿もある。

「応接間に皆さん集まっているそうですから、ご一緒しません？」

蜜の誘いに凛子は戸惑った。

応接間に行きたくないのではない。行くことは段取りで決まっている。引っ掛かったのは蜜の意図だ。

この女が〝探偵〟？

蜜が凛子や袋小路と同じ運営の人間だとすれば、わざわざ誘ってくる理由が分からない。凛子が応接間に向かうことは知っているだろうし、運営のキャスト同士でつるんでも無意味だ。ということは——。

好奇心旺盛な〝探偵〟が早くも動き出したのか。

凛子は陽に目をやった。手持無沙汰そうに佇《たたず》んでいる。おそらく、陽も蜜に誘われたのだろう。

陽が〝探偵〟だとすれば……。

運営の蜜が陽を応接間に連れていくため声を掛けたとすれば、同時に凛子も誘うのが自然だ。

ダメだ。いくら考えても推測の域を出ない。

凛子は改めて袋小路を——いや、運営を呪った。

今回こそ〝探偵〟が誰なのか知っておきたいのに。

腹立たしさを抑え、笑顔を作り、廊下に出た。

三人で一階の応接間に向かう。

「凛子さんは探偵小説がお好きなんですね」

階段を下りながら蜜が振り向いた。

「……ええ」凛子は曖昧に頷く。「皆さんも……ですよね」

「そうですね。あの書棚にある本なら全て読んでいます」

陽が脇に聳《そび》え立つ書棚を見上げた。

「すごーい」

蜜が胸の前で小さく拍手した。

その仕草に凛子は少し苛立《いらだ》ったが、ミステリーの突っ込んだ話にならなくて助かった。

応接間を覗《のぞ》くと、先客は三人。全員男性で、一人は船に同乗していた茶近だ。

「ああ、先ほどはどうも」

凛子たちを見た茶近がソファから立ち上がった。

「やっと女性陣の到着だね」

軽薄な調子の男は「亜蘭貴人《あらんたかと》」と名乗った。

髪は清潔に整えられ、細身のスーツがよく似合っている。いかにもエリート然としているが、表情や喋り方はどこか子供っぽい。

握手を求められた凛子は丁重に応対した。亜蘭も紳士的だ。握手をしている間、微笑みを絶やさない。

しかし、もう一人の中年男は真逆だった。太った身体をソファに埋めたまま嘗《な》め回すように凛子の身体を見つめている。挨拶する気配もないので、凛子から声を掛けると、「前金愛之助《まえがねあいのすけ》」と名乗った。

「腹が減ったな。今は女より飯が欲しい。へへへ」

この中で最年長だろうに、野卑極まりない。

凛子は嫌悪感を顔に出さないよう堪《こら》えた。が、陽と蜜は露骨に白眼視している。

「まだアレをご覧になってないですよね」

空気を察したらしい茶近が応接間の隅に置かれた館の模型を指さした。

「何でしょう？」

蜜と陽が模型に向かったので、凛子も後を追う。

館の一階と二階の間取りが模型で立体的に作られていた。

「当館のミニチュアでございます」

いつの間にか入口に袋小路が立っていた。

「よくできていますね」

陽が興味深そうに模型を見下ろす。

凛子も二人に並んでミニチュアを眺めた。

「今いる応接間が……ここですね」

蜜が一階部分の端を指した。

「私たちの部屋は――」

袋小路を交え、各人の部屋割を共有する。

「ところで、この館は『バスカヴィル館』と呼ばれているらしいけど、由来は何で

【バスカヴィル館】

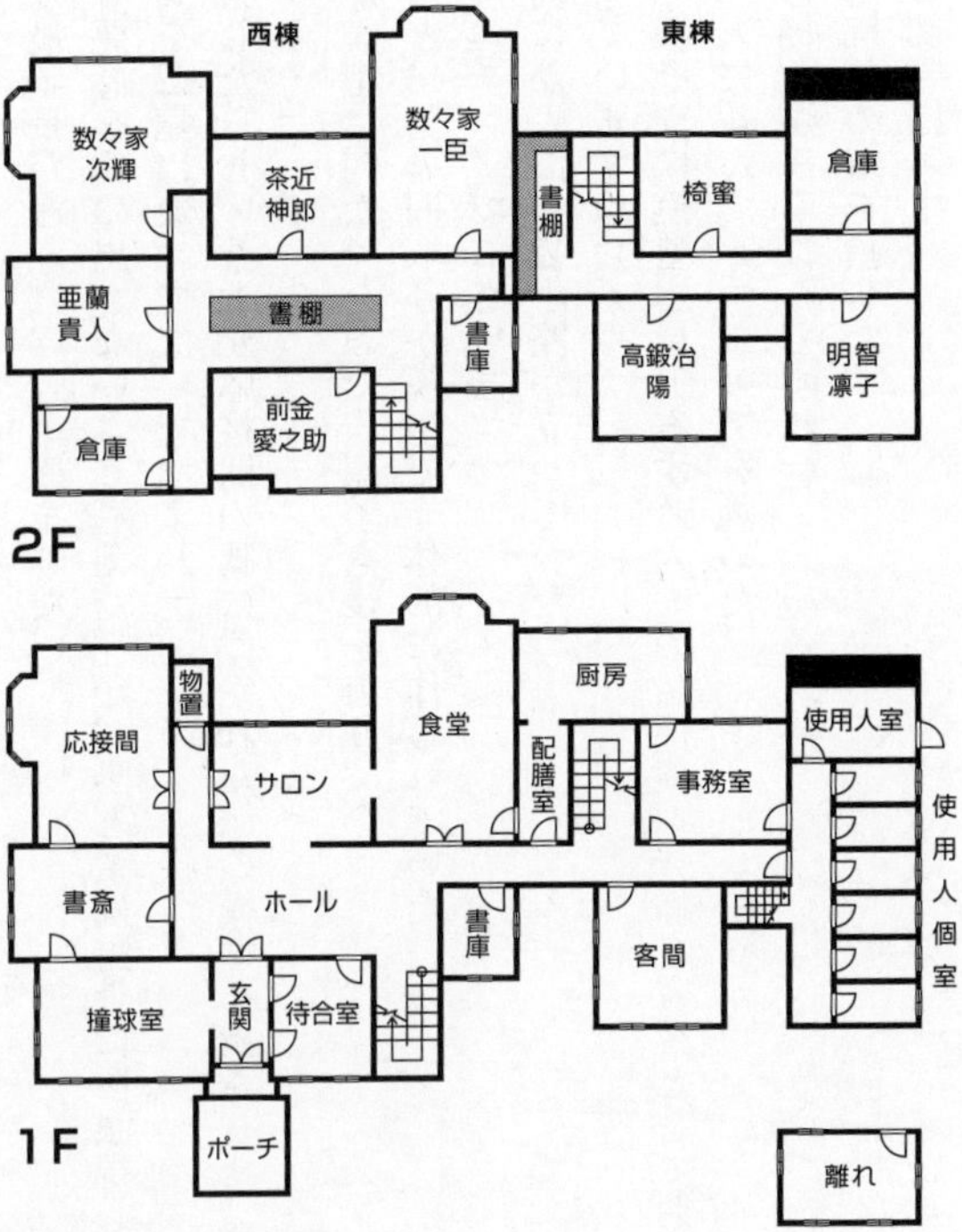

地下：使用人浴室　トイレ　洗濯室

す？」

茶近が袋小路に尋ねた。

「それにつきましては、館主から説明させていただきます。夕食までお待ちください」

「聞くまでもねえだろ。バスカヴィルって言やあ、一つしかねえ」

前金がコーヒーをすすりながら言い捨てた。

「バスカヴィル館」の由来が明白なことは、凛子も異論がない。『シャーロック・ホームズ』シリーズの代表作『バスカヴィル家の犬』。ミステリーをあまり読まない凛子ですら知っている、あの有名作品から取っているのだろう。

「問題は、このバスカヴィル館で何が起きるかですね。楽しみに待つとしましょうよ」

茶近が前金を宥《なだ》めた。

「ゲストは、これで全員かな？」

「はい。お揃いです。日本を代表する六人の名探偵。皆様を賓客としてお迎えでき、光栄でございます」

袋小路は改めて一礼した。

六人の名探偵――そのフレーズは一同を刺激したようだ。誇らしげにニンマリする者、さりげなく背筋を伸ばす者、隣の人間を値踏みする者、各々《おのおの》の反応を凛子は観察した。

それにしても名探偵大集合とは……。

これまで凛子が参加したことのないパターンだった。

探偵遊戯はクライアントが〝探偵〟となり、推理ゲームに参加する。とはいえ、初めから探偵として事件を調査しに来るのではなく、偶然、殺人現場に居合わせたという設定が多い。しかし、今回は初めから探偵として招かれている設定だ。おそらくクライアントである〝探偵〟は、凛子を抜いた五人の賓客の中にいる。もちろん、館の住人側に〝探偵〟がいる可能性も排除できないが、推理ゲームに参加する醍醐味《だいごみ》を考慮すれば、初めて館を訪れる設定の方がシンプルであり、〝探偵〟は楽しみやすいはずだ。クライアントの満足度が最優先の探偵遊戯において、わざわざ「招かれた探偵たち」の中に〝探偵〟を入れない理由がない。〝探偵〟から要望があれば別だが——。

「明智さんは、どのような事件を解決されてきたんですか」

ふいに蜜から問われ、凛子は慌てた。

『明智凛子』のプロフィールは頭に入れてきたが、言い間違いが許されないと思うと緊張してしまう。

「……皆さんと違って、表では言いにくい仕事ばかりです」

「言いにくい？」

「裏の仕事ということですか」

不思議そうな顔をする蜜の隣で陽が首を傾《かし》げた。

「ええ。まあ……ヤクザとかその辺のゴタゴタを……」

「『龍が如《ごと》く』みたいだね」

　亜蘭の合いの手に「そう、それ」と応じたくなるのを、ぐっと抑える。

　裏社会のトラブルを解決する女探偵。そんなゲームのような設定を与えられていた。覚えるのは容易だが、あまり深掘りされるとリアリティーを担保できなくなるので、質問攻めは御免こうむりたい。

「ヤクザ相手だと怖い目にも遭うんじゃないですか?」

　蜜が心配半分、好奇心半分の顔で尋ねる。

「脅迫は日常茶飯事ですよ。でも、ほら。動くお金も大きいから。やりがいはあります」

「へへっ、ここの館主は裏社会の探偵にまで鼻が利くってことか」

　また前金だ。すこぶる感じが悪い。

　凛子は今回ヒロイン役でないことを嬉《うれ》しく思った。もしもヒロイン役として参加し、前金が〝探偵〟だったとしたら最悪だった。この生理的にも感情的にも受け付けない男と疑似恋愛をしなくてはならないなんて、考えるだけで吐き気がする。

「そのようですね」

　凛子は自然な返事を心がけた。

「話はズレますが、この館はミステリーの蔵書がスゴいですね。さっそくクリスティのシリーズを全部借りちゃいました」

「全部？」

茶近が驚いた。

「あ、いえ。各シリーズの一巻だけ。ポワロは無かったんですけど」

「ええ、ホームズとポワロは離れにあるそうですね。僕はチェスタトンを借りましたよ。原書で読めるなんて、早くも贅沢《ぜいたく》な気分です」

茶近が爽やかに言った。

「茶近さんのお仕事は？　探偵というより会社の重役といった感じですけど」

蜜の質問が茶近に向き、凜子はほっとした。

「よく言われます」

茶近は笑顔で答えた。しっかりホワイトニングされた歯は、営業に手慣れたサラリーマンを彷彿《ほうふつ》とさせる。

「僕は弁護士でして。と言っても所属していた事務所を辞めてしまって、今は貧しい個人事務所を何とか維持しています」

語尾に力を込める話し方は若手政治家のようだ。

「どんな依頼が多いんですか」

「貧乏事務所ですから来る者は拒まずですが、比較的多いのは、冤罪《えんざい》事件ですね」

「冤罪？」

「以前、痴漢の冤罪を証明したことがあって、その評判を聞いて来る人がちらほら。

最近では傷害や殺人絡みの冤罪を晴らしてほしいとの依頼もあります」

「正義の弁護士さんってわけね」

亜蘭がおどけるように言うと、茶近は「ビジネスですよ」と自嘲気味に返した。

六人の探偵は面白いように生業《なりわい》が異なっていた。

各々が語ったところによると、蜜は警視の兄に推理で協力するお嬢様探偵。陽はニューヨークに拠点を置く心理学者。前金は猟奇事件マニアの外科医。亜蘭は音楽業界で起きた事件を解決してきたプロのクラシックギター奏者。難事件をいくつも解決してきた猛者《もさ》ぞろい、ということらしい。食いしん坊探偵などのコミカル系はいないようだ。

途中から凛子は真面目《まじめ》に聞くのをやめた。〝探偵〟だろうが、キャストだろうが、どうせ全員、運営から与えられた設定に過ぎない。それより気になるのは、賓客たちが皆若いことだ。一番年長であろう前金ですら四十歳前後だろう。この中に知的好奇心と嗜虐《しぎゃく》趣味のためだけに数億円もの大金を簡単に払う人間がいる。今まで接してきた〝探偵〟たちも探偵遊戯の参加費をちょっと高い買い物程度にしか捉えていなかった。住む世界が土台から違う様を見せつけられた。この中の誰が〝探偵〟なのかは知らないが、そこまでの財力を、若くして築いたとすれば驚きだ。が、世の中の若い大金持ちはたいてい親や一族の富を受け継いだ者たちだ。つまり、生まれつきの金持ちである。

人間は平等だなんて、どこの嘘《うそ》つきが言ったんだ。

凛子は自分の境遇と比較し、やりきれない気持ちになった。

2

「それでは夕食まで、お寛《くつろ》ぎください」

袋小路は賓客たちに歓談を促し、応接間を出た。

やはり執事服は着慣れている分、落ち着く。『核シェルター殺人事件』では、科学者役ということで白衣を着させられたが、どうも気が乗らなかった。

それにしても……せっかちだな。

まだ事件が幕を開けていないのに、〝探偵〟が前のめりでいることが滑稽だった。

クライアントである〝探偵〟は、ここで殺人事件が起きることを知っている。海外ミステリーの古典になぞらえた連続殺人。それがクライアントの注文だ。だが、事件が始まる前から初対面の人間に人となりを質問し過ぎるのは不自然だろう。運営側のキャストたちにはリアリティーを持たせるため自然な振る舞いを徹底させている。中にはあえてシナリオを伝えていないキャストもいる。先の展開を知っていると思考が先回りして、不自然な行動を取る危険があるからだ。そこまで配慮しているのに、〝探偵〟自身にリアリティーを損なう動きをされるのは困りものだ。行き過ぎた場合はキ

ャストがそれとなく誤魔化したり、話の方向を変えたりと対応するが、余計な気苦労は増やしてほしくない。

玄関ホールを抜け、食堂の前を通りかかったところで袋小路は足を止めた。絨毯《じゅうたん》の上にゴミが落ちている。

「まったく……」

使用人キャストへの苛立ちを小さく吐き出し、ゴミを拾う。

とにかく無事に終わらせるんだ。

事なかれ主義、チャレンジ精神ゼロ……大いに結構だ。シナリオが破綻なく完遂され、クライアントからクレームが来なければ、それでいい。

使用人室に入ると、メイドの石室芳子《よしこ》が休憩していた。

「廊下にゴミが落ちていたぞ」

「はあ……すみません」

注意された石室はピンと来ていない様子で謝った。

「お前はメイドだろ。メイドとしての仕事をしっかりやれ」

「はい……すみません」

上の空で繰り返す石室に袋小路はそれ以上声を掛けるのをやめた。叱っても無駄なことは分かっている。

袋小路は奥の壁に手をあてた。指紋認証のロックが解除され、壁が音もなく開いた。

地下へ続く螺旋《らせん》階段が現れる。

階段で地下一階に下り、コンクリート打ちっぱなしの司令室に入る。

地上の館は外観も内装も石と木材による古風な造りでムードを醸しているのに対し、司令室は無機質で近代的だ。壁には巨大モニターが設置され、館内の各所に取り付けられた隠しカメラの映像を分割画面で表示している。玄関ホールより広いが、機器操作用のオペレーション卓が大きく場所を取っている上、大勢の裏方スタッフが机を並べているため広々としているようには見えない。

袋小路はデスクの一画で所在なさげにしている男のもとへ向かった。ライターの田《た》中《なか》だ。今回がライターデビューとなる。現場でペンネームを名乗りたがるライターもいるので念のため確認したところ「田中でいいです」との返答だった。

「問題は無いな」

「ええ、たぶん……」

田中は弱弱しく答えた。

ライターの仕事はシナリオを作成して終わりではない。〝探偵〟の動向により展開の修正を迫られる。リアルな殺人を行う以上、アクシデントも付きものだ。修正作業は、キャストやクライアントを差配する制作チーフとライターを中心に行われる。この現場では袋小路と田中だ。

「あの、こ……じゃなくて、袋小路さん」

「自分でつけた名前を言い間違えるな」

「すいません」

現場を直接コントロールするためキャストとしても参加する袋小路は、裏でも役名で呼ばせている。〝探偵〟の前で間違って本名を告げてしまっては、その時点でリアリティーが崩れてしまうからだ。

もっともスタッフたちはキャストの名前に敬称を付けないが、袋小路や裏方と交流の長い一部キャストのみ敬称で呼んでいる。

「それにしても、『袋小路』なんて、ずいぶん言いにくい名前にしたものだな」

「……気に入りませんか」

田中は袋小路の皮肉を真正面から捉えて萎縮した。

「私はカワイイと思いますけど」

田中の隣でノートパソコンを叩いていた麻生《あそう》メグがボソッと呟いた。

袋小路のアシスタントとして配属されている若手だ。二十代後半らしいが、ショートカットで化粧っ気が薄く、さらに小柄であることから高校生と紹介されても信じるだろう。今は袋小路や瀬々と同じ男物の使用人服を着ているので、もはや完全に年齢不詳だ。進行を直接差配する必要がある袋小路と異なり、アシスタントのメグが館内に足を踏み入れることは基本的にない。しかし、トラブルが起きた際には地上を動き回らないといけなくなるため、万が一〝探偵〟に見られても誤魔化せるよう使用人と

同じ衣装を着ている。

「チェックは済んだか？」

袋小路はメグのパソコンを覗き込んだ。エクセルの項目にレ点が並んでいる。

「はい」

「二重チェックだぞ」

「はい」

メグの不愛想にも慣れた。愛嬌《あいきょう》が無いというより覇気が無い。仕事もどこかやっつけ感があり、命じられたこと以上のタスクはこなさない。通常の会社だったら、いつ辞職を言い出してもおかしくないほど無気力だった。やる気を感じられないという点では田中と似ている。中途入社で今回の『バスカヴィル』案件のスタートとほぼ同時に配属されてきた。前職はイベント会社の制作進行をしていたと聞いている。そのため初めから仕事はそつなくこなしているが、袋小路には物足りなく見えてしまう。中途とはいえ、新人一年目からこの態度でやっていけるのか心配だった。

だが、これが「今時の若者」であり、「今時の働き方」なのかもしれない。叱ったり、励ましたりしても逆効果にこそなれ、モチベーションには繋がらないと付き合う中で悟らされた。

「事件前から〝探偵〟が聞き込みまがいのことをしているのは問題ないんですか」

メグはエクセルを弄《いじ》りながら言った。袋小路と同じ懸念を抱いたらしい。

「許容範囲だろう」

その程度でシナリオに修正をかけていたらキリがない。

「まあ、こんな洋館で事件が起こるんですから。テンションが上がっても仕方ないですよ」

田中の呟きにメグが頷く。

「しかも、『バスカヴィル』ですからね」

この二人にはもう一つ共通点があった。どちらもミステリーマニアなのだ。

探偵遊戯を仕事にする者は、よほどのミステリー好きなのだろうと、入社当初は考えていた。が、実際は違う。身内にも職務内容を明かせないような商売だ。たいていが、のっぴきならない事情で流れ着いている。もともと殺される予定だった田中は特殊だが、メグにしても何かしらの事情を抱えているはずだ。この職場の人間は自身の境遇を同僚にも明かさない。袋小路もそうだ。最低最悪の仕事だが、金払いだけはいい。足抜けすることもできないため、ズルズルと続けてきた。田中とメグが自分と同じような人生を歩むのは同情するものの、そもそも生き方を選べる人間の方が珍しいのだ。

そんな状況で共通の趣味を持つ同世代と会えて嬉しかったのだろう。コミュニケーション下手な二人がミステリー談義で静かに盛り上がっている様子を袋小路は度々見ている。

「休憩入ります」

メグが立ち上がり、司令室を出て行った。

「はーい」

田中は小さく言って、メグの小さい背中を見送った。

いくら中年男でも気づくぞ。

若者二人。そのくらいの楽しみはあっていいだろう。

ニヤニヤしている袋小路に気づいた田中は顔を赤らめた。

「な、な、なんですか……」

「若さが羨ましいと思っただけだよ」

「ぼぼぼ僕は別に、好きとか、そういうことじゃなくて」

「何も言ってないが」

「……麻生さんには感謝しているだけです。麻生さんがいなかったら、今回のシナリオを書けてないし……そうなると今頃……」

田中は恐る恐る袋小路の目を見た。

もし、今回のシナリオを書けていなかったら田中は解雇されていただろう。それは死を意味する。

「麻生さんがクイーンファンで助かりました」

これまで一度も書けなかった田中がやっと執筆に入れたのはメグの存在が大きい。

クライアントからヒアリングを行った後も田中はシナリオ執筆を拒否していたが、メグがクイーンの作品を持ち出したことでアイデアを閃いた。その後も田中は事あるごとにメグと相談し、シナリオを練り上げていった。途中経過を見せろと言っても「驚きが薄れる」などと理由をつけ、蚊帳《かや》の外に置かれたのは心外だったが、若手だけで作り上げるシナリオにも興味があった。何より次世代の育成は急務事項の一つだ。

「だから……その……変な事は考えてないです」

「変でいいんだよ。若いんだから」

空いたメグの席に座ろうとしたところで別班の制作チーフ・出嶋《でじま》の姿が目に入った。一仕事を終え、これから日本へ帰るところだ。その前に袋小路と引継ぎをすることになっている。

「下でいいか」

袋小路は出嶋を誘い、螺旋階段を下った。

地下二階はスタッフの休息フロア。階段を下りてすぐの休憩スペースには椅子とテーブルが並び、飲み物やちょっとした菓子類も常備されている。常に誰かしら利用しているが、たまたま無人になっていた。

「疲れているところ悪いな。十連続殺人だったたか」

「九人です。殺し方のバリエーション優先で、途中からトリックもクソもなかったですが」

出嶋はテーブルに二人分のコーヒーを置いた。

「大仕掛けを使わなかったのは幸いでした。じゃないと、一日で解体を終えるのは無理でしたよ」

出嶋班は昨日まで、ここで探偵遊戯を開催していた。

「そうだな」

「ああ、そういえば。田中君。ホントにライターだったんですね。散々こき使っちゃったけど、今後は先生って呼ばないと。麻生ちゃんも要領が良くて助かりましたよ」

メグは袋小路の班だが、制作スタッフは常に不足しているため、別班の応援に出ることも珍しくない。今回、袋小路が仕切る『バスカヴィル館の殺人』は出嶋班が担当した『グリム童話大量殺人事件《ブラッドバス》』の直後に開催されることから田中とメグは前乗りして出嶋の手伝いをしていた。

「案の定、慌ただしくなったな」

「ぶっ続けの開催なんて初めてですからね。うちのスタッフは、もうほとんど出航しています。残る数人は私と一緒に帰るので、気になることがあれば今のうちに。まあ、麻生ちゃんや田中君もだいぶ把握していると思いますが」

二件の探偵遊戯が、同じ場所で間を置かずに開催されるのは異例だった。原因は、田中の遅筆だ。シナリオを書き始めたのはいいが、締め切りを繰り返し破り、脱稿が予定よりも大幅に遅れた。しかも、土壇場で開催地の変更にも迫られた。田中が途中

でシナリオを大きく変え、広い森や爆発炎上といった派手な演出が必要になった。全ての条件を満たす場所は、この島だけだった。

しかし、島は開催の前日まで出嶋班が使用しており、その遺物を片付ける時間さえない。開催の延期も許されなかった。クライアントのスケジュールが決まっている上、次の開催日も迫っているからだ。調整のしわ寄せはチーフの袋小路に降りかかった。

「田中め」

思い出しても腹が立つ。

結局、『グリム』で使用した大量の小道具や残骸は地下のスタッフ詰所に押しやり、館も表面だけ突貫作業で繕った。片付けに袋小路は携わっていないが、田中やメグら他のスタッフは前日まで泊まり込みで、雑務に追われていた。

「雑用で使われた翌日にライターとして司令室デビューを飾るなんて、田中君は変わり種ですね」

「変わり種すぎて、なかなか芽を出さなかったがな」

「田中君、頑張りましたね」

「メグに相談しながら進めていたよ」

「え、麻生ちゃんもミステリーを？」

「日頃は、そんな様子おくびにも出さないが、ついていけないレベルだ。そりゃ、田中と話が合うはずだ。だが、ライターが制作スタッフに相談してシナリオを書くのは

望ましくないだろ」

ライターは他のスタッフと一線を画すべき。それが袋小路の信念だった。ただでさえ、探偵遊戯のシナリオは予算やクライアントの要求、そして物理的な事情に左右される。初めから制作の都合を汲《く》んで書いていては独創的なシナリオにならないからだ。

「細部までこだわり過ぎた結果がこれだ。間に合ったのが奇跡だよ」

「本人も反省しているようですけど」

「あいつはいつもそうだ。気弱なくせに、ミステリーが絡むと異様にこだわりが強くなる。今回だって、どれだけ修正を繰り返したか。キャストの名前一つ決めるのにも呆《あき》れるほど時間をかける。『明智凛子』という名前、モチーフは何だと思う？」

「明智……小五郎《こごろう》ですか」

「そうだ。じゃあ、『高鍛冶陽』は？　高い低いの『高』に鍛冶屋の『鍛冶』、名前は太陽の『陽』」

「高い……鍛冶……太陽……」

「英語にすれば、『高』は『ハイ』、『鍛冶』は『スミス』」

「ハイスミス……パトリシア・ハイスミス！　『陽』は……『太陽がいっぱい』ですか」

「そうだ」

田中は、「招かれた探偵」たち、そして館主の名前を名作ミステリーの主人公や作

家の名前から取っていた。

「そんなこと誰が気づく？　仮に〝探偵〟が気づいたとしても単なる言葉遊びに感心するはずないだろう。なのに、田中はいつまでも考えてるんだよ。クライアントや関係各所に承認を取らないといけないのに」

「ご愁傷様です。でも、ほら、言葉遊びはネーミングの基本とも言いますし」

「……すまん」

後輩に愚痴を言ってしまったことに気づき、袋小路は姿勢を正した。

「引継ぎに移ろう。メグにもダブルチェックさせたが、片付け忘れは無いよな」

「ええ。大丈夫です。森の木を数本切り倒しましたが……」

「聞いてる。それは影響ない。森の奥には行かないだろう」

「であれば……館の仕掛けは撤去したし……血痕、死体は始末済み、小道具類は全て詰所に入れました……あ、料理の食材は残してほしいと聞いてますが」

「ああ。捨てるだけなら裏方の賄《まかな》い用に使わせてもらう。たまには良いものを食わせてやりたい」

〝探偵〟に提供される料理や酒は高級品だ。同席するキャストは同じ料理を食べられるが、裏方スタッフの賄い飯にそんなものは出ない。またとない機会なので袋小路から頼んであった。

「食う暇があればだが――」

言いかけたところで奥の扉が開いた。フロアの奥は、スタッフが寝泊まりする詰所エリアになっている。出てきたのはメグだった。自室に戻っていたのだろう。

「お疲れ様、手伝ってもらって助かったよ」

出嶋に声を掛けられたメグは小さく会釈をし、「お疲れ様でした」とだけ呟いた。

帰国する出嶋と最後のコミュニケーションを取るつもりは皆無らしい。袋小路と出嶋の横を素通りし、ケータリング用の飲食物が積まれている台で紅茶を淹《い》れ、離れたテーブルに一人座った。

メグの耳があると、与太話をするのも気が引ける。袋小路は話を切り上げることにした。

「では、これで。出航はいつだ？」

「あと三十分程です」

スタッフ用の船は島の裏手に隠してある。

「日本に戻ったら飲みにでもいきましょう……あ……」

出嶋は言いかけて申し訳ない顔をした。

仕事中に倒れて入院して以来、袋小路は酒を断っている。

「気にするな。ノンアルコールで付き合うよ」

「じゃ、料理の旨《うま》い店探しておきます」

出嶋は笑みを浮かべ、席を立った。

袋小路も応じて立ち上がると、また詰所エリアの扉が開いた。

現れたのは、上司の九条雅《くじょうみやび》だ。アシスタントの茂森《しげもり》サツキを従えている。雅は本部からの出向組で袋小路より一回りも年下だ。タイトスカートにジャケット。初対面の男性なら、その美貌に見惚《みと》れるのだろうが、袋小路は冷ややかな目を向けた。

日本支部長の役職は権限の大きさに比例してストレスも多いのか、雅はいつもピリピリしている。罵倒や恫喝《どうかつ》も日常茶飯事だ。堅気の会社ではあり得ないほど居丈高に振舞っている。袋小路は仕事にかかわる必要最低限の会話しかしないようにしていた。

「お疲れ様でーす！」

袋小路と出嶋を見つけたサツキが快活に挨拶してきた。歳《とし》は三十前後。メグより少し前の中途採用だが、大きな丸眼鏡《まるめがね》と強めのパーマが印象的で袋小路はすぐに顔を覚えた。快活な性格は、いつも不機嫌な上司と真逆――。

「お疲れ様」

袋小路は目が点になった。

アシスタントに続き、雅も労《ねぎら》いの声をかけてきたのだ。心なしか微笑んでいるようにも見える。

違和感があるどころか、気持ち悪い。

「お疲れ様です」

出嶋が会釈すると、雅は柔らかい眼差《まなざ》しを袋小路に向けた。

「袋小路さん……だったわね、今回は」

「はい」

〝探偵〟の前に出るスタッフに対しては、雅も役名で呼ぶようにしている。

「そろそろでしょ」

「もう準備に入っています」

「そう。では、上で」

雅は終始おだやかな口調のまま司令室に上がっていった。付き従うサツキも愛想よくペコリと頭を下げ、雅に続く。

「どうなってるんだ？」

二人の姿が消えたのを見届けてから小声で出嶋に尋ねた。

サツキの印象はいつもと変わらないが、雅は明らかに様子が違う。

「ずっと、あの調子なんですよ。ご機嫌というか、マイルドというか」

出嶋は眉を寄せて囁《ささや》いた。

「出世でも決まったのかな」

「本部に戻るのかもしれませんね」

「本部にはライバルがいるはずだ。日本にいながら蹴落とせるとは思えないが」

雅には本部から日本支部へ飛ばされてきた過去がある。本部の役員時代、傍若無人な振る舞いを繰り返し、とうとう上層部に咎《とが》められたとの噂《うわさ》だ。しかし、当の雅は日

本人役員同士の足の引っ張り合いが原因だと言い、反省していない。事実、本部には雅を含め三人の日本人役員がいた。日本支部への出向は出世レースから脱落したことを意味する。それでも雅は本部へ戻る野心を隠していない。袋小路ら日本支部のスタッフは本部に復帰するための駒。そうした雅の態度に袋小路は反感を抱いている。

「ですが、もう人が変わったようにしか見えないですよ。出世絡みでなければ……プライベート？」

出嶋が口の端を緩める。

他のスタッフ同様、雅の私生活もベールに包まれている。高級マンションを複数所有している、男漁《おとこあさ》りが激しい、などの噂を聞いたことはあるが、あくまで噂に過ぎない。

「詮索するだけ無駄だな」

「ですね。じゃ、お先に失礼します」

「ああ、お疲れ」

詰所エリアに入っていく出嶋を見送った袋小路はメグに顔を向けた。メグは我関せずといった調子で、黙ってカップに口をつけている。

そろそろ第一の殺人だ。気心の知れたスタッフであれば、「戻るぞ」などと声を掛けるところだが、若手スタッフは扱いが難しい。そっとしておくことにする。

一人で司令室に戻ると、中央後方の司令席に、雅が足を組んで座っていた。隣では

サツキが、いつ何を聞かれても即答できるように気を張っている。雅は横目で袋小路を一瞥《いちべつ》し、モニターに目を戻した。いつもの駒を見る目だった。

やはり、本性はいつもの雅だ。

うすら寒さを脇に置き、袋小路はオペレーション卓が置かれた大モニター前に向かった。

オペ卓には、盤崎《ばんざき》と号木《ごうき》、二人の技術スタッフがついている。号木は初顔合わせだが、盤崎とは幾度も現場を共にしてきた。盤崎ら技術部はカメラのスイッチングや館内制御システムの調整など機器操作全般を受け持つ。さらに、モニターの監視もあるため多忙だ。

「二人体制は久しぶりだな」

「ええ。今回はカメラもそんなに多くないので割と楽ですよ」

いつもワンオペを強いられている盤崎は嬉しそうに腕組みをした。

「二十八番を拡大してくれ」

袋小路の指示で盤崎がモニターの設定を切り替える。分割されていた画面が消え、一つの映像を大きく表示した。

司令室の一同がモニターに注目する。メグは時間ギリギリで戻って来た。説教したいところだが、ぐっと抑える。

雅が芝居じみた所作で立ち上がった。

「さあ、第一の殺人です。皆さん、よろしく」

スタッフの士気を高める狙いなのだろうが、どうしても気持ち悪さが先に立つ。これまで雅が大仕事の前に号令をかけたことなど一度として無かった。構うな。仕事に集中しろ。

袋小路は雑念を振り払い、モニターを凝視した。

第一の殺人――その現場に、予定どおり〝犯人〟が現れた。ウイスキーを持って最初の〝被害者〟に話しかける。

袋小路はイヤホンを耳につけた。館内でも常時無線を聞けるよう補聴器に似せてある。マイクは腕時計に仕込んであった。

「袋小路から市原さん」

〈はい、市原〉

無線で呼びかけると、殺人現場に隠れている市原から応答があった。

「えー、現在モニタリング中です。そちらはいかがでしょう」

〈今のところは異常なしです〉

「カメラの死角は把握してるね」

〈ええ。ほとんどありませんので〉

市原の皮肉を袋小路は無視した。

監視カメラの映像は探偵遊戯の終了後、クライアントに公開する。推理やトリック、

事実関係を振り返るためだ。だから〝探偵〟がいない場所でも気を抜けない。〝探偵〟が見ていないからといってスタッフ数人で取り囲んで殺すわけにもいかず、殺人はシナリオに沿った手口で遂行する必要がある。とはいえ、アクシデントも起こり得るため、万が一に備えてカメラに映らない場所でスタッフを待機させている。

「難しい段取りじゃない。懸念はメンタルだけだ」

〈わかっていますよ〉

第一の殺人は薬入りのウイスキーを飲ませ、簡単な仕掛けをするだけだ。難易度は低い。考え得る破綻リスクは〝犯人〟のメンタルのみと言える。初めての殺人を前に急に腰が引ける可能性もゼロではない。市原の配置は〝犯人〟のサポートというより、逃亡しないよう無言の圧力を与える脅し要員の意味合いが強い。

「毒殺なんて芸がないねえ」

すぐ後ろで不快な声がした。

袋小路は眉間に寄せた皺《しわ》を緩めてから振り返った。

「先生。もう船の出航時間ですよ」

田中ではない、もう一人のライターが底意地の悪い笑みを浮かべていた。裏方のくせに、いつも現場では己の指定した異名で呼ばせている。たしか今回は「ルルー」だった。出嶋班のシナリオを書いているので今日まで立ち会っていたのだ。

「いいの、いいの。残るから」

「……なぜでしょう？」

「だって、心配でしょうよ？　新米のシナリオに乗っかるのは」

ルルーは顎で田中をしゃくった。

矛先を向けられた田中は「え？」と驚き、硬直する。

「案の定、毒殺なんてちゃっちい手使ってるし」

田中が慌てて手をひらひら振る。

「いや、毒殺じゃなくて、まずは昏睡《こんすい》させて――」

「んなもん一緒だっての。地味だよ、地味。若いくせにスケールが小さい。どうせビビりなんだろ」

田中は先輩に盾突く玉ではない。言われっ放しで小さくなっている。

ルルーは勝ち誇った顔を袋小路に向けた。

「こんなんだから、しくじった時のために先輩が見守ってやろうと思ってさ」

「いえ……先生にご面倒は……」

あまりに見え透いている。

袋小路はルルーの性格を知り尽くしている。後輩の面倒を見るどころか、田中のシナリオが破綻したら手を叩いて喜ぶような奴《やつ》だ。単に気がかりなのだ。田中がライターとして成功すれば、筆頭ライターの席を奪われる。今までは唯一無二のライターだったからこそ好き勝手な振る舞いができた。それが崩れようとしている中、田中と現

場が重なったのを良いことに茶々を入れ、邪魔しようとしているのだ。

相変わらず、小物だ。

袋小路は時計を見た。出嶋たちを乗せた船の出航時間が迫っている。

「気にしないでいいよ。気持ち程度にギャラをもらえればいいから」

悪びれもなく言うルルーの背後で雅が首を横に振る。払う気はないらしい。

「ギャラ……ですか……」

さっさと帰れ、ゲス野郎。

袋小路は怒鳴りたい気持ちを抑え、なんとか厄介者を帰す方法を考えた。消えてくれる方が、まだギャラを払う価値がある。

「ああ。出嶋さんには先に帰るよう言っておいたから」

衝撃の告白に袋小路は目の前が真っ暗になった。

もう、こいつの顔を拝まずに済むと思っていたのに――。

「飲みますよ」

モニターを監視する盤崎が小さく発した。

袋小路はルルーを放置してモニターに顔を向ける。

〝被害者〟が、まさに酒を飲む寸前だった。

「初っ端から手抜きじゃないの?」「こんな手口が続くの?」などと、背後でルルーがぶつぶつ言っている。

袋小路は雑音を無視した。

今回だけは絶対にシナリオを破綻させるわけにはいかない。

チーフを拝命して以来、破綻の危機は幾度も訪れたが、その度に乗り越えてきた。失敗が許されないのは探偵遊戯の常。しかし、この『バスカヴィル館』には自分の命が懸かっている。

たとえ島が沈もうとも破綻はさせない。

握る拳に力が入る。

〝犯人〟が、殺人の仕上げに入った。

3

十八時。館のどこかで鐘が鳴った。

部屋に戻っていた凛子は窓から茫然《ぼうぜん》と森を眺めていた。できることなら、ずっと部屋にいたい。しかし、もう夕食の時間だ。

凛子は身だしなみを整えてから廊下に出た。階段を下り、ホール前の食堂に向かう。

他の賓客たちはすでに着席していた。

十人で食事をしても余裕のありそうな長テーブルに、フォークやナイフ、グラスが並んでいる。日が落ちた上、森に囲まれていることもあってか、窓の外は闇。壁に取

り付けられたランプとテーブルに立てられた燭台《しょくだい》がどうにか明るさを提供している。椅子でリラックスしている賓客たちとは対照的に、市原と石室が忙しく食前酒を注いで回っていた。

凛子は空いていた端の席――前金の隣に座った。なるべく前金を視界に入れず、注がれた食前酒に口をつける。高級なのだろうが、味がよく分からない。

他の面々が達者な感想を述べている中、凛子はボロが出ないよう黙っていた。

「凛子ちゃーん」

耳元で気色の悪い声が聞こえた。まさか自分の名を、ちゃん付けで呼ばれるとは思っておらず、聞き流してしまった。

「凛子ちゃんってばあ」

再度呼ばれ、さすがに気づいた凛子はゆっくりと顔を回す。

ウシガエルのような前金の顔がこちらを向いていた。

「どうだい、味は？」

前金がグラスを掲げる。

「ええ……お酒はあまり飲まないのですが、美味《おい》しいと思います」

高級酒の深い知識はない。凛子は咄嗟《とっさ》に無難な答えを返したが、同時に疑念が浮かんだ。

なぜ、わざわざ喋りかけてくる？〝探偵〟なのか……？

凛子はさりげなく周囲を見渡した。

陽と蜜、亜蘭と茶近がそれぞれ談笑している。

ここは隣と会話するのが自然か――。

すっかり疑心暗鬼に憑《と》りつかれている自分に呆れる。

凛子は不本意ながら前金と話をすることにした。

幸い苦痛な時間は短かった。

前金が口を開きかけたところで、入口に立っていた袋小路が一礼した。と、上品なスーツを着こなした男性が食堂に入って来た。

「皆様、ようこそ。当館へおいでいただき、ありがとうございます。館主の数々家《あまたや》次輝《つぐてる》です」

数々家次輝はやや大げさな身振り手振りで歓迎の意を表し、中央のホスト席に座った。隣はまだ一席空いている。

「お招きしておきながら応対が遅くなり、申し訳ございません。どうしても書類仕事が片付かず」

所作が洗練されている。年齢は五十代だろうか。来客たちに比べると、格段に年上だ。

「お気遣いなく。充分なおもてなしをいただいております」

茶近が応じると、亜蘭や陽も同意した。前金は無言で市原に酒を催促した。

「私からもお詫《わ》びを」

低く通る声が響き、もう一人、男性が現れた。

「次輝の兄、数々家一臣《かずおみ》です。弟が忙しいので本来なら私がお相手すべきでしたが、朝から体調が優れませんで。重ねてお詫びします」

数々家一臣は次輝の隣に座り、頭を下げた。こちらは六十歳前後だろう。痩せ型の弟とは違い、大柄だ。立派な白い髭《ひげ》をたくわえ、片耳に補聴器を着けている。

「さて。これ以上お待たせしては、また謝らねばなりませんな。すぐ食事にしましょう。お楽しみいただけると自負しております」

一臣の言葉を受け、次輝が袋小路に目で合図した。

さらに袋小路が廊下に目配せすると、すぐさま料理が運ばれてきた。

シェフ自らも配膳を行い、客一人一人に食材の説明をする。凛子も説明を受けたが、いまいち理解できず、ただ頷くだけだった。前菜からメインディッシュ、スープに至るまで全てが文句なしの味であることは分かった。ただ、この状況ではどうしても美味しいと感じられない。

「そろそろ、お話しいただけますか。我々が招かれた理由を」

食後のワインを注《つ》がれた茶近が数々家兄弟に水を向けた。

「そうですな。ここからは真剣にお話し致します」

一臣が改まったようにグラスを置いた。

「私と弟の次輝は探偵業を営んでおります。探偵と言いましても皆さんのように難事件を解決する類《たぐい》のものではなく、興信所のチェーン展開のようなものとお考えくだされば。現在、会社の経営は次輝が。私は隠居の身です」

「謙遜するより正確に伝えた方がいい」次輝が口を挟んだ。「兄は相談役です。私は調査や社員管理などを担当し、財務はほとんど兄に任せています。兄は、足腰が弱ってから実地調査から離れていますが、昔は、それこそホームズばりに警察と協力することも珍しくありませんでした」

「兄弟で褒め合っても、お客様は退屈するだけだよ。さて、ホームズの名が出たところで、ご存じのとおり、この館は『バスカヴィル館』と呼ばれております」

「『バスカヴィル家の犬』と関係が？」

陽が待ちきれないとばかりに急《せ》かす。

「ええ。我々がこの館を島ごと購入したのは一年前。新たな別荘を探していたところ見つけました。購入の決め手は、この島にまつわる魔犬伝説です」

「魔犬伝説？『バスカヴィル家の犬』そのままだなあ」

亜蘭がくすくす笑った。

「ディテールは少し異なっております。この館を囲む森。そのどこかに火を吐く巨大な犬が棲《す》んでいて、十三年に一度、館の住人を焼き尽くしに来る」

「それはそれは。本家より物騒だ」

茶近が苦笑した。

「『バスカヴィル家の犬』は違うの？」

蜜が隣の陽に尋ねる。

「うん。ホームズの事件でも巨大な犬が登場するけど、さすがに館の住人を焼き尽くしはしない」

「そこまでいくとホラーかファンタジーだよね」

陽の解説に亜蘭が合いの手を入れた。

「ファンタジーなのか、リアルなのか、確かめてみたくはありませんか」客の反応を見て次輝がニヤリと笑った。「実は今年こそが魔犬が出るとされる十三年に一度の年なのです。時期は復活祭の直前。月が半分満ちる頃と言われています」

「復活祭……たしか春分あたりに行われるお祭りですね」

凛子が文字どおり確認した。ここでの数少ない用意された台詞だ。

「そう。復活祭は年毎《ごと》に日付が変わります。春分以降、初めて迎える満月。その直後の日曜が復活祭です」

要は、春分の日の次の満月の次の日曜だ。ややこしいが、それはあまり重要ではない。当初はクリスマス前に開催する予定だったが、シナリオが遅れたせいで新年、バレンタイン、復活祭と、開催日の設定が次々と変更され、呆れたぐらいだ。凛子は前

もっての指示に従い、シナリオを進める。

「……ということは、今年の復活祭は間もなくですね」

「はい。そして、今宵《こよい》は上弦の月。まさに『月が半分満ちる頃』。伝説が真実なら、今日から数日間、この島は魔犬の支配下に置かれる」

次輝は芝居がかった口上と共に両手を広げた。

「恐ろしい、と言いたいところですが……次輝さんも一臣さんも、ずいぶん楽しそうですね」

陽が不敵な笑みを数々家兄弟に向ける。

「はは、バレましたか」一臣が屈託なく笑った。「我々兄弟は根っからの探偵。いや、推理狂ですな。こんな辺鄙《へんぴ》な島を購入したのも魔犬伝説に心惹《こころひ》かれたためです。まあ、正直に言うと、私は兄弟二人で伝説の謎に挑むつもりだったのですが、弟が他にも名探偵を招待してはどうかと」

「いやいや、言い出しっぺは兄さんだろ」

「そうだったかな」

「いずれにしても、せっかく高い金を払って手に入れた玩具です。二人だけで楽しむのはもったいない気がしまして」

数々家兄弟が揃って相好《そうごう》を崩した。

「お二人は魔犬の存在を信じていらっしゃるんですか」

凛子が次の台詞を挟むと、次輝はワインを掲げた。

「魔犬なるものが実在するのなら、是非とも見てみたい。その経験は一生の宝になります。もし存在しなくても、その正体や伝説の出所を暴くことができれば、それもまた一生の宝。うちの使用人たちには理解してもらえませんが、皆様なら同感していただけるのでは？」

凛子はワイングラスを掲げ、肯定を示す。

亜蘭や茶近、陽らも倣った。前金はお構いなしでワインを飲み続けている。

凛子はここまでの仕事を省みた。

大丈夫。ミスは犯していないはずだ。それにしても——皆、口数が多いな。

〝探偵〟以外は必要な台詞を喋っているはずだから、よく喋るということは、アドリブが入っていたとしても、もともと台詞が多いことになる。対して、凛子の台詞は少ない。たくさん台詞を与えられても覚えるのが大変なので、少ないに越したことはないのだが、無口で暗い女に見られているような気がする。その上、周りが喋り続けていると、台詞を入れるタイミングが難しい。

凛子は気を抜かず、数々家兄弟の発言に耳を傾けた。

飲み干したグラスをテーブルに置いた次輝が、リラックスした表情になる。

「まあ、仮に魔犬どころかネズミ一匹出なかったとしても。名探偵が集まる機会など滅多にありません。語り合うだけでも楽しい三日間になりますよ。料理も酒もふんだ

んに用意していますので」

「ネタバラシすると、今回、弟の主目的はそちらなのですよ。どうやら会社が人手不足のようで、難しい依頼の解決に協力していただける名探偵を欲しているのです」

「じゃあ、これはスカウトってことかしら？　それとも面接？」

蜜が首を傾げる。

「兄さん」次輝が困り顔で兄を睨んだ。「社員になってほしいなどと言うつもりはありません。ご興味がありましたら業務提携という形でお手伝いいただければと。ですが、あくまで休暇です。堅苦しく考えず、親交を深めましょう」

「魔犬伝説は余興ということですか」

茶近が全て察したとばかりにまとめる。

「申し訳ありませんが、私は興信所の手伝いより魔犬伝説を優先します」

陽が生真面目に答えると、亜蘭がご機嫌に言った。

「僕も。いいじゃないか、バスカヴィル本家より凶暴な犬を捕まえてやろう」

「ええ、ええ。滞在中は皆さん、ご自由にお過ごしください。ご要望は使用人が承ります」

一臣の紹介を受け、使用人たちが壁際に並ぶ。袋小路、市原、石室に続き、端には夕食の給仕に加わっていなかった若林《わかばやし》という二十代と思われる無表情の男も立っていた。

先ほどのシェフも厨房《ちゅうぼう》から出て来た。こちらは三十代後半あたりだろう。若々しく精悍《せいかん》な顔つきをしている。

「シェフの釜元《かまもと》です。大手のホテルやレストランで料理長を務めてきました。明日からの料理もご期待ください」

一臣に紹介された釜元は無言で一礼する。

「他には、瀬々という使用人がおります。力仕事でも何でもお申し付けください」

凛子を抜かせば、二人の館主に五人の賓客、六人の使用人。これで全員だ。この中に〝探偵〟がいる。そして〝探偵〟は、この中から〝被害者〟が出ることを知っている。

「いやはや、少し飲み過ぎましたかな。夕食はここまでとしましょう。この後は、自室で休まれても結構ですが、応接間を解放しておきますので、歓談の続きをされても結構――」

一臣が締めの挨拶をしていると、退室したばかりの袋小路が小走りで戻って来た。話をしている一臣の横で次輝に耳打ちする。

「……内容は？」

次輝は表情を緊張させ、袋小路と小声で二、三、言葉を交わした。

「どうした？」

一臣が話を中断し、次輝に訊く。

次輝はほんのわずか思案し、椅子から立ち上がった。

「魔犬伝説の幕が開いたようです。皆様、エントランスまでご同行ください」

次輝に促され、食堂を出た一同は、袋小路の先導で玄関に向かった。

「あれ？」

玄関ホールの途中で蜜が声を上げた。

その視線の先――玄関扉が異常を示していた。

一枚の紙片が扉にナイフで打ち付けられている。

「どれどれ。何が書かれているのかな」

亜蘭が怖気《おじけ》づく様子もなく近づいた。

ポケットに手を入れたまま紙片に書かれた文字を読み上げる。

「〈魔犬の復活を祝う〉だって」

「……どういう意味でしょうか」

袋小路がおずおずと次輝に伺いを立てる。

「魔犬が復活するということは、館の人々が焼き殺されるということ。それを祝うと言っているのだ」

「そんな！　酷いじゃありませんか！」

次輝の説明を聞いた袋小路は、わかりやすく狼狽《うろた》えた。

仕事とはいえ、よくやるな。

袋小路の芝居を凛子は感心して眺めていた。

「誰が！　誰がこんな悪戯《いたずら》を！」

袋小路の芝居は続く。

「一応、差出人の名も書かれているよ」

軽い調子で告げた亜蘭に一同が注目する。

「おそらく、三人の連名ということなんだろうけど」

亜蘭は再び紙片に目を向けた。

「書かれている全文はこうだ。〈魔犬の復活を祝う　クイーン　カー　クリスティ〉」

「ふーん」

前金がニタァと笑った。

「クイーン、カー、クリスティって、やっぱり……？」

自信なさげに呟く蜜に、陽が丁寧に教える。

「エラリー・クイーンにジョン・ディクスン・カー、そして、アガサ・クリスティでしょうね」

「大昔の人たちよ。それが差出人というのは変じゃない？」

「いや。高鍛冶さんの見立てで合ってるよ」

頭上に疑問符を浮かべている蜜に亜蘭が笑いかける。

「クイーン、カー、クリスティ。これらの姓を持つ人々は大勢いるだろう。しかし、

この三つの名前がセットになった場合は、他の誰でもない、偉大な三人のミステリー作家たちを指す」

「世界三大ミステリー作家だな」

前金が結論を先に言った。

亜蘭は得意げに頷いた。

「うん。まあ、当然、クイーンらが生きていて、この怪文を書いたなんてことはあり得ないから、何者かが偉大な作家の名を使って、僕らにメッセージを寄越したということだろうね」

「メッセージ？　この館を焼き尽くすという脅しが、ですか」

袋小路が表情を曇らせる。

「脅しというより、予告でしょ」

亜蘭は涼しい顔を崩さない。

「と、とにかく……誰がこんなことを……いや、作家たちのことではなく、実際にこれを残した人のことです」

袋小路が〝犯人〟探しに話題を移した。

「夕食前に通った時は、ありませんでしたね」

茶近が確認すると、賓客は皆同意した。

「私も見ていませんな」

一臣に続き、次輝が「私も」と言い添える。

「ここまで目立つ物に誰も気づかなかったとは考えにくい。つまり、この怪文が打ち付けられたのは、皆が食堂にいる間ということになります。館の皆さんが私たちをからかっているのでもなければ、ですが」

陽がキリッとした目で数々家兄弟を見据えた。

「残念ながら、これほど手の込んだ余興は用意しておりません」

次輝が首を横に振る。

凛子は怪文について事前に知らされていなかった。最低限の情報しか与えられないことは承知していたが、事件の始まりとなるであろう仕掛けまで伏せられていたのは腹立たしい。

「どうしましょう？　捨ててしまいますか？」

扉に突き刺さったままのナイフと紙片を廃棄するか、袋小路が数々家兄弟に指示を仰ぐ。

一臣は顎髭を撫でつけながら、弟と目を合わせた。

「むう、動かさないでおく――」

その瞬間だった。

館の外で爆発音が響いた。

全員の視線が扉に集中する。

「今の音は？」

「何かが爆発したような音だったな」

「余興はないと仰《おっしゃ》いましたよね」

冷静だった賓客たちが次々と早口で捲《まく》し立てる。

「ええ。これは余興などではありません。袋小路！」

一臣の指示で袋小路が二重の玄関扉を開けた。

眼前に漆黒の森が現れる。

「空が！」

蜜が木々の上方を指さした。

夜空の一部が赤く染まっている。森の向こうで何かが燃えている。

「船着き場の方だ」亜蘭がポケットから手を出し、玄関ポーチに出る。「行ってみよう」

「ランプを！」

次輝の指示で使用人たちが人数分の手持ちランプを持ってきた。

シェフの釜元とメイドの石室を館に残し、一同は船着き場に向かった。

先頭を袋小路と次輝が歩き、一臣と女中頭の市原が殿《しんがり》を務める。ランプの灯《あか》りがあっても夜の森はほぼ闇に閉ざされている。運営側の凛子でさえ一人では立ち入れないほど不気味だ。

「景気よく燃えてたね。さっそく魔犬のおでましってことか」

痩せ我慢なのか、本当に平気なのか、亜蘭が軽口を叩く。

「この島に危ない動物はいるんですか」

蜜が周囲を警戒しながら次輝に質問した。

「購入してから数回来ただけなので、生態系までは把握していないんです。ただ、これまで遠吠《とおぼ》えや唸り声の類を聞いたことはありません」

「熊なんか出てきたら死んじゃいます」

「ははは。さすがに熊はいないでしょう。それに森のクマさんは美女に優しいから、もし出てきても大丈夫ですよ」

緊迫した空気を和らげようとしているのか、次輝は過剰に朗らかな物言いをしている。

「次輝様」

袋小路が立ち止まり、振り返った。

木々の奥が明るくなっている。影が揺れ動く様から炎に照らされていると分かった。

「やはり船か」

次輝が足を早め、後続もそれを追う。

木々が途切れ、船着き場に出た。

燃えていたのはクルーザーだった。凛子たちが乗って来た船だ。

「皆様、これ以上、近づかないでください。また爆発するかもしれません」

袋小路が一同を制した。

「なぜ、クルーザーが燃えたんだ!」

一臣が袋小路を問《と》い質《ただ》した。

「ええ。私も何が何だか……船の整備は瀬々が……」

言いかけて袋小路が詰まった。咄嗟に市原を見る。

市原は「見ておりません」と、首を振った。

「いつから?」

「夕食の前から、でしょうか」

一臣が使用人たちのやりとりを訝《いぶか》しがる。

「瀬々はどこだ?」

「夕食前から姿を見せていないのです」

「最後に見たのは?」

次輝に問われ、袋小路と市原は考え込む。

「瀬々さんというのは、部屋に荷物を運んでくれた方ですよね」茶近が進み出た。「特段、変わった様子はありませんでしたけどね」

「その使用人、夕方までの仕事は?」

前金の不躾《ぶしつけ》な訊き方にも袋小路は慇懃《いんぎん》に応対する。

「船の整備をしていたはずでございます」

「船の……もしかして！」

　陽がクルーザーに注目した。

　船の炎上は収まりつつある。

「ああ！」

　市原が叫んだ。

　凛子にも見えた。クルーザーの操縦席に座っている異物。消えつつある炎と黒煙に包まれているそれは、黒焦げの死体だった。

「瀬々……なのか」

　一臣が息を呑《の》む。

「他にいません……」

　袋小路が肩を落とした。

「事故か？」

「さ、さあ、それは……」

　一臣と袋小路の会話を一同が沈黙して聞いている。

　凛子も死体を目の当たりにし、衝撃を受けていた。しかし、仕事がある。死体発見直後に言うべき台詞が。

「船は、あれだけなんですよね」

「ええ。皆様のお迎えは、瀬々が一人で行っておりました。昨日までの滞在地が二か所に分かれておりましたので、初めに亜蘭様と前金様をお迎えし、続いて、明智様、高鍛冶様、茶近様、椅様を」

予定された凛子の台詞に袋小路が打ち合わせどおりの返答をする。

「ということは、この島を出られないじゃないですか！」

凛子は語気を強めた。ここでの役目はこれにて終了だ。

「外部との連絡は？」

陽が割って入る。

「電話やインターネットの類は引いておりません」

袋小路の代わりに館主の次輝が告げた。

「ふうん。クローズド・サークルってことね」

亜蘭が不敵に口角を上げる。

クローズド・サークル――外界との通信や往来を断たれ、警察にも介入されない状況。ミステリーの定番だが、探偵遊戯においては制作やセキュリティの都合で用いられることが多い。凛子が参加してきた探偵遊戯もほぼ毎回、外界から遮断されたので、その点では通常営業と言える。

「じゃ、帰れないってこと？」

「食糧を届ける船が明後日の午後に来ますので、そのとき助けを呼んでもらえます」

怯《おび》えながら周囲を見回す蜜を袋小路が落ち着かせる。

「それまでは誰も島を出入りできないということですね」

陽が腕を組んで考え込んだ。スタイルの良さも手伝い、様になっている。

クルーザーは完全に鎮火したようだ。

「ちょっと見てきます」

袋小路がゆっくりと桟橋を進み、クルーザーに乗り込んだ。凛子たちが見守る中、船内を点検してから死体のある操縦席に入る。

「顔の判別はできません」

窓から顔を出した袋小路に亜蘭が声を掛けた。

「船はどうです？」

「これ以上、燃えることはないと思います」

袋小路の回答を聞き、賓客たちは我先にと船に乗り込んだ。

凛子も甲板に上がったが、先客で混雑する操縦席を眺めた程度で桟橋に戻った。蜜と共に船の傍《そば》で捜査を見守ることにする。

「衣服も原型が残っていない」

「男性だとは認識できるけど」

陽と亜蘭は操縦席の死体周辺を調べている。死体は操縦席の椅子に座った状態で焼け焦げていた。

二人に操縦席を占拠され、入りそびれた茶近は乗客用のリビングスペースに回った。

「そろそろ交代してくれねえかな」

痺《しび》れを切らした前金が陽と亜蘭を操縦席から追い出した。

「え……」

凛子は戸惑いを声に出してしまった。

前金が死体に顔を近づけ、舐《な》めるように観察し始めたのだ。

「おお、いやはや。へへへ」

ぶつぶつ言いながら嬉しそうに口元を綻ばせている。

凛子は吐き気を催し、顔をそむけた。

前金愛之助。演技だとすれば行き過ぎている。〝探偵〟だとすれば、真正の異常者だ。

「リビングスペースは少し焼け残っていますが、これといった手がかりは見当たりませんね」

甲板に出てきた茶近が報告した。

「通常なら事故と見做《みな》されるでしょう。しかし、今宵は魔犬が蠢《うごめ》く夜」

茶近の言葉に、陽が反応した。

「魔犬が使用人もろとも船を焼いたと？　口から火でも吹いて？」

「そうですね。玄関の怪文を仕掛けた犯人を『魔犬』と呼ぶのなら。さすがに口から火は出ないと思いますが」

茶近が挑発するように陽を見つめた。陽もまんざらではない顔をする。どちらも容姿に優れているので映画のワンシーンのようだ。

「死体に異常は？」

「いいえ。焼死体という他は特に」

「異常ならあるぜ」

絵になる二人の会話に前金の濁声《だみごえ》が水を差した。

「……異常も何も。二十分も炎に包まれていたのよ。ここまで黒焦げになると、警察でもなければ身元すら調べられないわ」

陽が前金を睨む。

「死体はよ、隅々まで堪能するもんだ。へへへ」

「堪能……ですって？」

陽が嫌悪感を滲ませる。

「まあまあ。女性に焼死体を直視しろというのは酷だよ、前金さん」

亜蘭が仲裁に入る。

しかし、陽は亜蘭の言動も癪《しゃく》だったらしい。

「捜査に女も男もないでしょう」

叱られた亜蘭が頭を掻《か》く。

「えーと、表現を間違えちゃったかな。それで、死体の異常とは？　僕も気づかなか

ったけど」

　前金はニタァと笑い、指を立てた右手の甲を前に向けた。亜蘭に中指を立てたのかと思い、凜子はヒヤッとしたが、よく見ると、人差し指と中指が交差されている。

「……それは何かな?」

「Xだよ」

　前金が言い捨てると、亜蘭と陽は、ハッとして振り向いた。

　凜子も窓枠越しに操縦席の死体を見た。操縦席に座った死体の両腕はだらんと下がっている。その右手。人差し指と中指が交差し、X字状に組まれていた。

　亜蘭が呟く。

「『Xの悲劇』か……」

「なるほど」陽は死体の指から目を離した。「これで確定ね。怪文の差出人の一人、〈クイーン〉はエラリー・クイーン」

「ねえ、どういうこと?」

　隣で様子を窺《うかが》っていた蜜に尋ねられた。

「『Xの悲劇』はクイーンの代表作です」

　凜子が口を開く前に背後で一臣が答えた。

「電車内で発見された死体の指がXをかたどるように組まれていた、という話ですよ」

「興をそぐようで申し訳ないが……」茶近が下船しながら言った。「やはり魔犬は伝

説の生き物ではなく、人間のようですね。動物なら人を殺せても、指を組ませることはできない」

「まだ、瀬々が殺されたと決まったわけでは……」

袋小路が悲壮な顔で訴える。

「いや、殺人の可能性が限りなく高い」

館主の次輝が、ばっさり否定する。

「クイーンの名前入りで怪文が送られた直後に『Xの悲劇』に見立てた死体が見つかった。偶然とするのは無理があるだろう」

「僕も殺人だと思う。だけど――」

と、亜蘭が船から飛び降りた。続いて下船しようとする陽の手を取り、エスコートする。

「死体の指が犯人による見立てなのか、被害者自身の意思によるものなのか、現状では判断できない」

「被害者の意思……ダイイング・メッセージね！」

蜜がここぞとばかりに手を叩いた。

「そんな……どうして、瀬々が……」

ふらふらと操縦席に近づく袋小路をよそに茶近が切り出した。

「見立てにせよ、ダイイング・メッセージにせよ、ここにはクイーンの影が残されて

いる。そして、怪文に書かれた差出人はクイーンを入れて三人。ということは――」

茶近は数瞬の間を空け、一同の耳目を集めてから続けた。

「魔犬は、あと二度やって来る」

4

さりげなく船に残った袋小路はちらりと背後を振り返った。

〝探偵〟たちは船を下り、桟橋で推理に興じている。誰も船を見ていない。

袋小路は目立たないよう静かに操縦席へ戻った。

思わず舌打ちが出る。

死体の交差していた指が外れ、手が開いた状態になっていた。

「だから、この体勢は無理があるって言ったんだ」

小声で愚痴を言いながら袋小路は死体の指を組み直した。しかし、すぐに外れてしまう。

先ほどもそうだった。

〝犯人〟は死体の指を交差させてから船を炎上させたはずだが、袋小路が駆けつけた時には指が交差していなかった。指のロックが外れてしまったのだろう。

出だしからシナリオが狂っていることに頭を抱えたが、嫌な予感はあった。リハー

サルでも指が外れる事態が幾度かあったからだ。その時は、生きた人間が死体役をしていた。それでも脱力すると外れる場合がある。本物の死体であれば完全な脱力状態となり、さらに勝手が異なると予想された。

田中は楽観視していたが、ライターと違い、現場の制作チーフは机上の空論だけで動くわけにはいかない。当初、田中は死体の第一発見者を〝探偵〟にしたいとこだわっていた。それをリスクヘッジのために、まず袋小路が見分するようシナリオを変えさせた。

その判断は正解だった。

ほら見ろ。あのガキ、戻ったらドヤしつけてやる。

案の定、死体の手は開かれていた。調べるふりをして、指を強引に交差させておいたが、また外れてしまったのだ。

「くそっ」

数分前は組み直せた指が、今度はどうやっても外れてしまう。そもそも死体の姿勢に問題がある。脱力した腕が真っすぐ下に伸びていると人間の指は交差しにくいのだ。

だが、ぼやぼやしていられない。袋小路は事件に無関係という設定だ。なのに、死体に細工をしていたと〝探偵〟に知られれば、整合性が取れなくなる。

袋小路は窓から桟橋の市原に目で合図を送った。

市原が小さく頷く。

〝探偵〟たちの話が途切れそうになったら市原に間をもたせてもらう。ネタはある。が、数分が限度だろう。

袋小路は再び操縦席の床に膝をついた。

死体の指を組む。外れる。また組む。外れる。

「ああ、もう！」

埒《らち》が明かないので指を組んだ死体の手を膝の上に乗せた。これなら、だいぶ安定する。手の位置が変わっていると〝探偵〟に突っ込まれたら、死体を調べた際に戻す位置を間違えたと言おう。怪訝《けげん》に思われるだろうが、破綻よりはマシだ。

深呼吸をし、操縦席の窓から顔を出す。〝探偵〟たちは、まだ推理合戦を続けていた。市原の出番はまだ来ていないらしい。

「爆発時、我々ゲストも館の方々も皆、屋敷内にいました」

演説を打っているのは茶近だ。

「素直に考えれば、瀬々さんは事故か自殺。または、まだ見ぬ何者かによる殺人ということになる」

「島には私たちの他に誰もいないのよ。ですよね？」

陽が隣の一臣に確認する。

「ええ。それは断言します」

「魔犬が焼き尽くしたというのは論外かい、へへっ」

前金に茶化され、一同が鼻白んだところで、市原が動いた。

「あのう、これは……」

栈橋の隅に移動し、遠慮がちに声をかける。

〝探偵〟たちが市原のもとへ集まった。その隙に袋小路は操縦席を出た。

市原が見つけたのは、ガソリンのシミだ。暗闇では見えないが、ランプで照らすと栈橋の板が変色しているのが認識できる。市原がわざわざ指摘したのは、重要な証拠だからだ。

ミステリーには「手がかり」が欠かせない。トリックの無いミステリーはあっても、手がかりの無いミステリーは成立し得ない。読者が推理するためのヒントが全く提示されなければ、顰蹙《ひんしゅく》を買うだけだ。しかし、あからさまに手がかりを提示すると、今度は推理の難易度が著しく下がってしまう。

そこで推理小説などに用いられるのが、「手がかりの埋没」だ。手がかりの周囲に無関係の情報を散りばめることで、手がかりを提示しつつも、それに気づかせない。やり過ぎると、あまり意味のない描写が増え、冗長になってしまうリスクもあるが、たいていのミステリー小説では、この手法が使われる。映画やドラマでは、背景の一部に手がかりをこっそり入れておく。

袋小路はブスブスと火が燻《いぶ》る音を聞きながら、そっと船から下りた。

風が森の木を揺らし、葉がカサカサと音を立てる。

夜の海は穏やかだ。いつもは潮風の匂いがするが、今はガソリンとゴムの焦げたような臭いが勝っている。

袋小路は一本の木に目をやった。監視カメラを擬態させてあり、森の側から桟橋を挟んでクルーザーを撮影している。桟橋のシミに群がる〝探偵〟たちの姿は画角に収まっているだろう。一方、操縦席の中はカメラの死角になっており、指を組み直すといった無様な姿を撮られずに済んだ。

鎮火した途端、夜の空気が冷たく感じる。

袋小路は両腕をさすった。

「こんな大きなシミ、ありましたかねえ」

市原が大げさに首を傾げる。

いかに島で働く使用人だからといって桟橋についたシミなど気にするはずもないが、少々わざとらしくなっても伝えないといけない。

探偵遊戯における「手がかりの埋没」は小説や映画と使い方が異なる。小説も映画も作者は手がかりを強制的に提示できる。小説は書けばいいし、映画は画面に映せばいい。しかし、〝探偵〟が気ままに動き回る探偵遊戯の場合、こっそり置いた手がかりに〝探偵〟が気づかなければ、手がかりにも伏線にもならなくなる。ヒントを見落とすのは力量不足とも言えるが、そんなことをクライアントに突きつけるわけにはいかない。下手をすればクレーム沙汰だ。だから、場合によっては多少不自然に見えて

も、はっきりと手がかりを示さなければならない。

「これは……油だな。たぶんガソリン」

屈《かが》んで匂いを嗅いだ亜蘭が断定した。

「こぼれてから、それほど時間が経っていないみたいだ」

「船を燃やすために油をかけたのね。やっぱり人間の仕業よ」

魔犬に怯えていた蜜は少しほっとしている。

「わからんよ。犬だって仕込めばガソリン缶ぐらい運べるかもしれん。へへっ。バスカヴィルのワン公はデカいんだろ」

前金が冷やかした。

「それに」前金の無駄口を無視して亜蘭が続ける。「僕たち全員にアリバイはない」

「え？　ですが、爆発した時、館に……」

袋小路は後方から合いの手を入れた。

待ってましたと言わんばかりに亜蘭が掌《てのひら》を突き出した。

「それはアリバイにならない。薬や毒で瀬々さんを殺害、もしくは昏睡させた後、時限発火装置で船を燃やせばいい。簡単なものなら誰でも作れるからね」

「やるねぇ、亜蘭君」

蜜が亜蘭を誉《ほ》めそやし、腕に抱き着いた。

陽が呆れたように咳払《せきばら》いをする。

「……死体はどうしますか」

「警察が来るまで、このままにしておきましょう。しばらく雨も降らないようですから。袋小路、いいかな」

一臣が袋小路に命じた。

「かしこまりました」

「定期船に通報してもらうとすれば、警察が来るのは遅くとも三日後。それまでに我々が魔犬を捕まえるというのはどうです？」

茶近の提案に一同が同意を示す。

桟橋の捜査も済んだようだ。〝探偵〟に風邪《かぜ》をひかせてはいけないので、袋小路は皆を館に帰らせることにした。

「……ずっと、ここにいるわけにもいきませんし、そろそろお戻りになられますか」

「そうだな」

次輝が提案に乗り、一行は森に向かって歩き出した。

袋小路は立ち去り際に、ふと船の窓から操縦席を覗いた。

「……」

どういうことだ？

妙な不安に襲われる。何かがおかしい。

頭の中で警報が鳴った。こんなときは要注意だ。自分は何かを察知している。探偵

遊戯の破綻に繋がる何かを――。

袋小路は市原に先導するよう合図し、一同が森に入ったのを見届けてから再び船に乗り込んだ。操縦席に入り、死体を確認する。

大丈夫。指はクロスしたままだ。

しかし、胸騒ぎが止まらず、死体に視線を這《は》わせる。顔から足下。そして、再び顔――。

「……は？」

息が止まった。

ほぼ骨となった死体の顔に、目が釘付《くぎづ》けになる。

最初の殺人。〝被害者〟は使用人の瀬々。シナリオどおり死体は燃えた。なのに――。

まさか。そんな馬鹿な。

袋小路の口から声にならない言葉が漏れた。

「誰だ……お前は」

5

部屋に戻るなり、凛子はベッドに倒れこんだ。

賓客の幾人かは応接間で推理の続きをするようだが、特に指示を受けていないので

遠慮した。

瞼《まぶた》を閉じると、船上の黒い死体が浮かんでくる。

「これは仕事。しゃあない。しゃあない……」

凜子は言い聞かせるように吐き出し、起き上がった。

テーブルに置いた鞄を開ける。着替えや旅行グッズの下に隠したクリアファイル。その中から一枚の紙片を取り出した。

無機質に印字された文章に目を通す。冒頭には大きくタイトルが横書きで記載されている。

『ミッション1　Xの悲劇』

その下には、段取りが順を追って書かれている。

瀬々殺しの段取りが――。

夕食前、賓客たちが別行動している間に薬入りの酒を持って、船着き場へ行く。瀬々は夕方にクルーザーの整備をするのが日課。瀬々と会話し、酒ごと薬を飲ませ、昏睡させる。船に乗せ、指をX字になるよう組ませたら放置。船にガソリンをかけてから持参した時限発火装置をセットする。安物のタイマーと乾電池を使った簡易な代物だ。船の炎上後、他の賓客たちと甲板に上がり、燃え残った装置の部品を回収して完了。それが凜子の「仕事」だった。

実感はまだ湧いてこない。刺したり、殴ったりといった直接的な暴力は振るってい

ないし、死ぬ瞬間を見たわけでもないからだろう。

凜子の罪悪感を軽減するためか、今回の被害者たちは犯罪に手を染めてきた連中だと運営から聞かされている。しかし、それで罪の意識が完全に消えることはない。相手が誰であろうと、殺人を犯したのだ。

首が痛い。

全身に力が入っていた。意識して脱力すると今度は震えがやってきて、その場にへたり込んでしまった。

どうして、こんなことになったのか。

指示書は東京で袋小路から渡された。詳細な説明を受け、リハーサルも行った。

全ての行程に袋小路とライターが立ち会った。自分が殺されると知らない瀬々は当然参加していない。そう上手く瀬々が酒を飲んでくれるか不安だと訴えると、凜子が持ってきた酒を飲んで歓談するよう指示しておくと、ライターが言った。

実際、瀬々は疑いもせず、凜子から酒を受け取り、船上で飲んだ。しばらくして急激な眠気に襲われ、足から崩れて昏睡。大の男を担ぐのは大変だったが、どうにか操縦席に座らせ、森に隠してあった油を撒《ま》いた。

桟橋に痕を残すのも忘れていない。放火の証拠を残さなければならないと袋小路から口を酸っぱくして言われていた。時限発火装置を仕掛け、きちんと作動していることを確かめてから館へ戻った。問題が発生したら、森のどこかに待機している市原を

呼ぶよう言われていたが、助けは不要だった。

結局、一人で全て遂行し、帰り道で偶然を装い市原と合流した。おいおい〝探偵〟へのヒントを捻出するためだ。

「はよ帰りたい」

抑えていた本心が言葉になる。

ここにいるのは、クールな名探偵・明智凛子ではない。軽はずみな行動が原因で、探偵遊戯の〝犯人〟を押し付けられた愚かな女だ。

人を殺さなければ、殺されてしまう。この奈落から這い出る術《すべ》はない。

堕《お》ちるところまで堕ちてもうた……。

凛子は絨毯に手をつき、嘆息した。

きっと生まれた時から、こうなることは決まっていたのだ。親ガチャの失敗。自己肯定感の欠如。幼い頃から勉強もできない、要領も悪い。おまけに最近では努力すらも才能がいると耳にする。そんな才能を持ち合わせていないことは、自堕落な生活を振り返れば明白だ。ルックスには多少の自信はあったが、人生を挽回《ばんかい》するほどの奇跡は起きなかった。

「しゃあないやんか」

凛子は一人言い訳を繰り返す。

クリアファイルにはまだ紙片が入っている。

次の「仕事」は目前に迫っていた。

第三幕

黒死荘の殺人

1

食堂は釜元と石室によって綺麗《きれい》に片づけられていた。

袋小路が厨房に顔を出すと、釜元が調理スタッフたちと洗い物をしていた。〝探偵〟には伝えていないが、館の料理は釜元に加え、裏で調理スタッフたちが切り盛りしている。

「石室は？」

袋小路に声を掛けられた釜元は皿洗いの手を止めず、顔だけ向けた。

「使用人室で休んでるんじゃないですか」

「なんだ、手伝わせろよ」

「いいんですよ。どうせ暇だし。小言を言うより、こっちでやった方が早いですから」

「まあ、それは一理あるな」

釜元とも付き合いは長い。料理の腕を見込まれて、いつもシェフ役に起用されている。真面目で温厚。一方で、汚れ仕事も引き受ける。袋小路が信頼している同僚の一人だ。

「どうかされたんですか」

「いや、ちょっと様子を見に来ただけだ」

「もうすぐ終わります」

「わかった。ご苦労さん」

厨房を出て、司令室に向かう。足取りは重かった。

焼死体が瀬々ではないかもしれない。そう雅に報告すべきだろうか。本来なら報告して然《しか》るべきだが、間違いなく面倒なことになる。別人だと断言できるほどの確証があるわけでもない。

瀬々役の男は殺人を厭《いと》わない残忍な性格だったため〝犯人〟役として重宝していた。しかし、ひょんなことから探偵遊戯の存在を警察に漏らしかけ、処刑の対象となった。ただ殺すより有効活用するのが会社の方針である。本人には真相を伏せて、殺され役として今回の探偵遊戯に参加させた。

元来が粗野な男だ。使用人としての礼儀作法を教えるのには苦労した。やたらと上唇を引っ張る癖にも辟易《へきえき》した。使用人の振る舞いとしてふさわしくない。グロテスクな死体を出す反面、キャストの振る舞いでクライアントに不快感を与えるのはNGだ。癖を直すよう指摘すると、歯並びが悪いからだと言い訳した。上の犬歯が前に押し出され、上唇の裏側を傷つけるという。ところが――。

死体の歯は整然と揃っていた。

袋小路は使用人室の前で壁に手をついた。呼吸が乱れている。船着き場まで行って帰って来ただけでこれだ。体力が著しく落ちているのは明らかだった。

呼吸を整えながら、袋小路は自問した。

なぜ、報告を躊躇《ちゅうちょ》している？

理由ならいくらでも挙げられる。瀬々の犬歯を見せてもらったわけでもないし、死体の口元は焼けて変形していたため見間違いの可能性もある。死体が別人だとは断言できない。だいたい瀬々以外の誰だというのか。

だが、これまでの自分なら間違いなく報告している。たとえ破綻に繋がるような一大事でなくても、クライアントが気づかないような些細《ささい》なことでも、クオリティーを落としたくなかった。人に誇れる仕事ではないが、矜持《きょうじ》はあった。

それが今回は面倒事の回避を優先している。死体の歯にしても調べようと思えば、念入りに調べられた。なのに、館に戻る一行から離れてはいけないと自分に言い訳し、放置した。いや、臭いものに蓋をしたのだ。

――病み上がりだからって、雑な仕事されたら困るんだよ。

ルルーに浴びせられた罵倒は、的を射ていたのかもしれない。

倒れた際に受けた検査で見つかったのは、胃がんだった。

手術の結果、がん細胞の全てを除去できないと医師から宣告され、抗がん剤治療も行うことになった。状態は深刻で治療を始めれば、もう現場には立てない。退職を意識した途端、糸が切れた。こんな仕事でも情熱を傾けてきたつもりだ。しかし、復帰後は準備段階からどこか冷めている自分がいた。厄介事は見ないふり。滞りなく日程

を消化できれば、クオリティーなどどうでもいい。田中とメグの共同作業を大目に見たのも矜持がぐらついている証《あかし》だ。

袋小路は疲労を悟られないよう背筋を伸ばして歩き出した。

残っているプライドは、せいぜいこの程度だ。

自嘲しながら使用人室のドアを開ける。

ちょうど欠伸《あくび》をしていた石室が、ばつの悪そうな顔をした。

その前を素通りし、隠し扉から地下へ下りる。

司令室では田中とメグが待機していた。

「メグ。ちょっと来てくれ」

メグを連れ、オペ卓に直行する。

「犯行時の二十八番を見せてくれ。サブでいい」

盤崎に船着き場の録画映像を再生させる。騒ぎにしたくないのでメインモニターではなく、卓上のサブモニターで見る。

録画映像には、凛子の犯行が定点カメラで一部始終記録されていた。

見逃しを防ぐため、メグにもチェックさせる。

「些細なことでもいい。おかしなところがあったら言ってくれ」

小声でメグに伝えると、メグが怪訝そうな顔をした。

「おかしなところ？」

「しっ……声を抑えろ」

「……はい」

理不尽に叱られてメグが不機嫌になる。

映像には瀬々らしき使用人だけが映っていた。船の手入れをしているところだ。そこに凛子が酒を持って現れ、船上で会話を始める。

「瀬々を拡大してくれ」

盤崎が瀬々の顔をアップにした。間違いなく、瀬々だ。

「瀬々だよな？」

「……はい？」

なぜ、そんな質問をするのか理解できないといった顔でメグは袋小路を見返した。

気まずいが、説明はしたくない。

「ここからだ。見逃すなよ」

会話の途中で昏睡した瀬々を凛子が操縦席に担ぎ込んだ。しばらくして操縦席から出てくると、油を撒き、時限発火装置を取り付け、船着き場を去った。

リアルタイムでも目視していた光景だ。凛子の行動におかしな点はない。気がかりと言えば、操縦席に運び込まれると瀬々の姿がカメラに映らなくなることだ。

「三倍速にしてくれ」

船が燃えるまで早送りする。徐々に日が沈み、闇が訪れる。月明かりで船のシルエ

ットだけが辛《かろ》うじて見える状態が続いた後、突如船上が明るくなった。時限装置により着火されたのだ。やがて船は爆発炎上。館の一行が到着するまで燃え続けた。

「もう一度だ。〝犯人〟が立ち去った後から見せてくれ」

盤崎が映像を巻き戻す。

「船の向こう側は死角になっている。瀬々が飛び込んだとしても、このアングルなら映らないよな」

「は？」

盤崎にも驚かれた。

メグが小声で尋ねる。

「飛び込んだ？　瀬々が逃げたということですか」

「いや、死体はあった」

「ですよね」

メグの心の声が聞こえる気がする。

——おやじ、ボケたのか？

羞恥に耐えて再度映像をチェックしたが、異常は見当たらなかった。

もし、死体が瀬々でなかったとしたら、瀬々が誰かを殺して入れ替わったことになる。海に飛び込むだけなら死角に紛れることはできるだろうが、殺人となればそうはいかない。日没後も月明かりだけとはいえ、人影が動いていれば気づく。

「どうかしたんですか」

田中が不安そうに覗き込んできた。

メグが戸惑っている様子を見て、気になったのだろう。

邪魔だ。

普段はノロマなくせに、妙なところで勘が働く。

「ライターには関係ない。気にするな」

一蹴すると、田中はしょんぼりして踵《きびす》を返した。

「……待て」

深く考えず、呼び止めてしまった。

「……お前も見てくれ」

田中なら何か気づくかもしれない。

理由を伏せて、映像を見せる。

「特に変なところは無いと思いますけど……」

「そうか」

期待外れの回答だったが、踏ん切りがついた。

「私の思い過ごしだ。悪かったな」

「はあ……」

心配そうに振り返りながら、田中は自席に戻っていった。

　さて。どうしたものか。

　死体はきちんとある。瀬々の他に欠けているキャストはいない。映像にも違和感は見当たらない。状況を整理するほど、ただの勘違いだという結論になる。

　盤崎と少し離れて座っている、もう一人の技術担当・号木が大きく欠伸をした。

「……ひょっとして」

　袋小路は司令室を見渡す。

　第一の殺人が無事に終わり、次の殺人まで少し余裕がある。スタッフたちの緊張も緩んで見える。

　袋小路はスタッフ一人一人の顔を見た。

「メグ」

「はい？」

「スタッフは全員揃っているか」

「……揃う、と言いますと？」

　メグは質問の意味を呑み込めていないようだ。無理もない。スタッフもキャストも勝手に島を出ることは不可能だ。皆で帰りの船に乗るまで、全員揃っているに決まっている。

　しかし、もし欠けているスタッフがいたとしたら……。

「出嶋班からの応援も交じっているだろ？　間違って帰った奴がいないか気になって

な」

真意を告げるとややこしくなる。袋小路はそれらしい理由を取って付けた。

スタッフのケータリングも制作部の仕事だ。人数分の食事を手配しているメグはスタッフの人数や名前を把握している。

「そうですね……」メグも袋小路と一緒に司令室のスタッフを見回す。「ほとんど揃ってますけど」

「ほとんど？　いない奴もいるのか」

「はい。男性スタッフが一人」

こめかみが熱くなった。

まさか……。

「いつから見てない？」

「いつから……？」メグは困ったように考え込む。「まあ……ついさっきかな」

「え？」

「さっき、休憩所で見ましたけど」

膝から崩れそうになった。

「驚かすなよ！」

分かっている。メグは悪くない。しかし、怒鳴ってしまった。

また理不尽に叱られて、メグは憮然《ぶぜん》としている。

「……すまない。見ているならいいんだ。戻っていいぞ」

哀れな部下は口を尖らせて去っていった。

自分のアホさ加減に袋小路は赤面した。己が信じられなくなると、ますます報告のハードルが上がる。混乱させるような報告をしておいて勘違いだった場合、雅に何を言われるか知れたものではない。

頭を冷やそう。

地下二階に下りると、メグの言ったとおり男性スタッフが休憩エリアでコーヒーを飲み終わるところだった。

袋小路は無言で椅子に座った。どっと疲れが出て、深く嘆息する。

ヤキが回った。体力だけなく、頭のキレも失った。不確かな記憶に慌て、若手に八つ当たりするなんて我ながら恥ずかしい。

ただ、違和感は残っている。己の判断に自信を持てなくなったが、かと言って、あの焼死体が瀬々だと断言できるかと問われれば、否だ。

やはり上司には報告しておこうか。

袋小路は思い直した。

万が一、死体が瀬々でなかったとしたら大変なことになる。報告すれば面倒事を多々押し付けられるだろう。理不尽な叱責も必ず飛んでくる。それでも重大な破綻リスクを隠しておくのは、現場のチーフとして不誠実だ。

立ち上がると、ちょうど雅が一人で螺旋階段を下りて来た。いいタイミングだ。

袋小路が近寄ると、雅は足を止めた。様子がおかしい。上機嫌だった表情が一転、いつもの見下すような目つきになっている。

「ちょっといいかしら」

先に口を開いたのは雅だった。フロアに人がいないことを確認し、袋小路を睨む。

「あの時限発火装置ってさあ。トリックとしては芸が足りないんじゃないの」

口調も横柄なものに戻っている。

袋小路は言葉に詰まった。

コロコロ変わる雅の態度にも面食らったが、瀬々殺しの段取りは雅も事前に了承済みだったからだ。そもそも現場に入ってからシナリオに文句をつけるのは非常識だ。現場が混乱し、致命的なミスを招く。しかも、すでに瀬々殺しは遂行された。今からどうしろと言うのだ。

袋小路はあえて返答せず、雅の指摘がいかに非常識であるかを暗に示した。

「……黙ってないで答えなさい」

伝わらなかったようだ。

雅は経営や銭勘定の点では優秀らしいが、人の上に立つ者としての資質は残念と言わざるを得ない。部下の気持ちを理解できず、強権を使えば、無理が通ると思ってい

る。他人を駒としてしか見ない人間の限界だ。一度、袋小路らの堪忍袋の緒が切れ、詰め寄ったこともある。当時は反省したかに見えたが、人間はそう簡単に変わらないようだ。

「複雑な段取りを要するトリックは避けようという結論でしたが？」

今回は、いつにも増して〝探偵〟の行動範囲が広く、動線が読みにくい。段取りの工数が多くなれば目撃されてしまうリスクがあるため、なるべくシンプルにしようと会議で話し合い、田中にオーダーした。

「複雑じゃなくていいのよ。単純でもインパクトは出せるでしょ。出嶋班が雪山でやったような」

「火矢を使って、遠方の小屋を焼いたトリックですか。あれは的に必ず当てるため相当のセッティングが必要でした。〝犯人〟も弓の熟練者をブッキングしています。凛子には無理です」

「あれをそのままやれって言ってるんじゃないの。もっと考えなさいってこと」

雅が急に文句を言い出した理由は想像がつく。ルーがケチをつけたことで、なんとなく物足りないと感じたのだろう。そう、「なんとなく」だ。最終権限を持った人間が思い付きで方針を転換するのは百害あって一利なしであることを袋小路は痛感させられてきた。

最後の最後まで、これか……。

袋小路の呆れ笑いを見て、雅の目が尖る。

「なぜ、笑うの？」

「いえ。どちらにしても、今から瀬々殺しのトリックを変えることはできませんし、この後の殺人もよほどのアクシデントでもない限り、変更はしないつもりです」

「改善するつもりがない？　仕事を放棄するってことかしら」

「現場の混乱を防ぎ、無事に終わらせるのが、私の仕事です」

「……なるほど。だったら、せいぜい有終の美を飾るのね。破綻は論外として、クライアントからクレームが来たら――」

雅は袋小路の耳元に口を近づけた。

「退職金は期待しないで」

袋小路は奥歯を強く嚙《か》んだ。

解雇や逃亡は即処刑となる中、病気が理由の袋小路はある意味、円満退社と言える。当然、探偵遊戯の存在を口外しないという信用があっての上だ。しかし、退職金は上層部判断となっていた。仕事を辞め、治療生活を送るには金が必要だ。退職金の有無によって、残りの人生は大きく左右される。

「頑張りなさい」

雅は香水の匂いを残して、詰所に消えた。スタッフが寝泊まりする詰所の中でも雅の部屋だけは格段に広い。

「袋小路からメグ」

　袋小路は無線でメグを呼んだ。

　間を置かず、メグが応答した。

〈麻生です〉

「執事室にいる。何かあったら無線で」

〈……わかりました〉

　なるべく怒気を抑えたつもりだが、声色に出ていたのか、メグは気圧《けお》されていた。

　袋小路は、その足で螺旋階段を上がった。使用人室を抜け、廊下へ。石室には一瞥もくれなかった。使用人室の前には各使用人の個室が並んでいる。使用人キャストは
　館内に自室があるため詰所ではなく、そこで休むことになっている。使用人キャストはてられているのは、使用人個室のうち最も手前の執事室。自室に飛び込んだ袋小路は乱暴にドアを施錠した。

　クソ女がぁああ！

　喉の奥で罵倒し、ベッドの枕を壁に投げつけた。まだ怒りは収まらない。床に落ちた枕を拾い、引き裂く。

　律儀に報告しようとした自分が馬鹿に思えた。

　臭いものに蓋。上等だ。退職金さえもらえば、後は知った事か。あの焼死体は瀬々に決まっている。わざわざ波風を立てる必要はない。クソ上司のために無駄な労力を

かけてやるものか。

　トントン――。

　突然のノックが熱くなった頭を急激に冷やした。

　誰だ？　業務連絡なら無線で入るはずだ。

「はい」

　袋小路は小さく返事をした。

　ノックをした人物はドアの向こうで名乗った。

〝探偵〟だった。

　瀬々殺しの捜査で聞き込みにでも来たのだろうか。

「難易度のことで相談が――」

　背筋が凍った。

　難易度……何を言っている……？

　袋小路は破れた枕を布団に隠し、急いで〝探偵〟を部屋に招き入れた。ドアを開けておくべきか迷ったが、用件が深刻なだけに声を外に漏らすわけにはいかない。考えた挙句、施錠をせず、ドアを閉めた。

「狭くて恐縮ですが、お座りください」

〝探偵〟を椅子に座らせる。

「難易度と申しますと？」

さっそく本題に入った。〝探偵〟が不満を抱えているのは表情で分かる。それ以上に、平気でルール違反をする〝探偵〟が何を言い出すのか気になって仕方なかった。

探偵遊戯の間、キャストが素に戻った発言をするのは厳禁だ。世界観が崩れると、〝探偵〟の満足度が下がり、クレームに繋がる。どのような事情があれ、世界観を壊す行為は許されず、厳しいペナルティを受ける。〝探偵〟にもそのような行為は禁止であると事前に共有している。〝探偵〟自ら世界観を壊したにもかかわらず、興覚めしたとクレームを入れられた過去があるからだ。クレーム沙汰まで発展しなくてもリピートされない要因を作ってしまっては、会社の損害が大きい。

ただし、クライアントにペナルティを課すことはできない。理不尽だが、あくまでクライアントには〝探偵〟として、気持ちよく振舞ってもらうしかない。

「最初の殺人を拝見して、難易度が低すぎると感じたんです。もう少し難解にしていただけますか」

〝探偵〟の要求に袋小路は絶句した。

探偵遊戯が走り出してからシナリオ変更を要求されたのは初めてだ。

「……も、もう謎が解けたのですか」

今からシナリオを大幅に変えることなど不可能だ。しかし、そう言って〝探偵〟の要求を蹴ってしまうと満足度が著しく下がる。ここは接客技術で乗り切るしかない。

まずは不満を全て吐かせる。それだけで先方はだいぶ落ち着くものだ。その上で呑め

る要求だけ呑んで対応の丁寧さをアピールする。

「いえ、そういうわけではありません。ただ……」

〝探偵〟は、そこで言葉を切った。

どんな球が飛んでくるのか――。

袋小路は身構えた。

2

第二の殺人指示書。

そのタイトルには『ミッション2　黒死荘《こくしそう》の殺人』と書かれている。

幾度目かの再チェックを終えた凛子は指示書を旅行鞄にしまった。

時計を見る。予定時刻が迫っている。針で突かれたら破裂しそうなほど緊張していた。

だから、突然のノックに心臓が止まるかと思った。

もう夜も遅い。訪ねて来る者などいないはずだ。

驚きのあまり返事をできずにいると、廊下から「紅茶をお持ちしました」と袋小路の声がした。

嘘つけ！　んなもん頼んでないわ！

「……なんやねん、あいつ！」

思わず、素に戻ってしまったが、取り繕う気になれなかった。

動悸《どうき》はまだ収まらない。胸に手を当て、なんとか立ち上がる。胸の苦しさと憤怒で物凄《ものすご》い形相になっていると自分でも気づきつつ、構わずにドアを開けた。

「……どうした？」

睨みつけられた袋小路は戸惑ったように囁いた。

「そっちこそ、どうされたんですか」

「中で話す」

凛子は黙って袋小路を入室させた。

椅子も勧めず、腕組みをして立ったまま話を聞く。

「はよしてください」

「おい。部屋の外では、その喋り方やめろよ……」

袋小路は凛子の言葉づかいを気にした。

「承知していますよ」

凛子はわざとらしい標準語で返す。

「……とにかく、緊急事態だ」

袋小路の口調が深刻になる。

「もう時間ですけど」

凛子は時計を指した。

「だからこそ、わざわざ来たんだ。シナリオに少し変更が出た」

「今ぁ？　なんでですの？　館内電話だってあるのに」

「これを渡しに来た」

袋小路は内ポケットからハンカチを取り出した。

「玄関前に落としておいてくれ」

「せやから、なんで？」

「必要だからだ。玄関ポーチの脇がいい。殺しに行く途中、待合室の窓から落とせ」

凛子は組んだ腕を解かない。

「……ほら。これを――」

「嫌やわ」

袋小路の表情がさっと曇る。

「……嫌だと？」

「もう頭が一杯一杯ですもん。ただでさえ、段取りをこなせるか不安やのに。仕事増やされたら下手こきそうやし」

「ハンカチを落とすだけだ。たいした手間じゃないだろ」

「それでミスしても許してくれます？」

「……」

「ほら」

「私からは事情を考慮するよう伝える」

「それを信じろって？」

袋小路は無言で凛子を睨んだ。

凛子も負けじと睨み返す。ここで変更を許したら、同じことが繰り返されるかもしれない。

「ゴネてる時間はない。立場をわきまえろ」

「わきまえてるから言ってるんです。失敗したら、後で何されるか分からんもん。余計なことはなるべくやりたくない」

「シナリオの変更があることは了承済みだろ」

「こっちは、ずっと綱渡りで余裕がないんです。理由も教えず、『いいからやれ』言われても困ります」

「……ったく、どいつもこいつも」

「はい？」

「いや……たしかにそうだな」

袋小路の語気が緩んだ。

内心ビクビクしていた凛子は少し肩の力が抜けた。仕事には厳しいが、話は聞いてくれる。凛子は袋小路をそう評していた。いくら命を賭した仕事の成否が左右される

からといって、他の上役が相手なら、これほど強硬な態度は取れなかっただろう。

「〝探偵〟の要望だ」

袋小路は溜息《ためいき》まじりに明かした。

「〝探偵〟が？　当日に？」

「私も耳を疑ったよ。だが、先方に言われたら対応しないと」

「どない言わはってますの？」

袋小路は数瞬考えてから口を開いた。

「〝犯人〟には本来伝えるべきではないのだが……謎が簡単すぎるとさ」

「せやけど、まだ――」

「〝探偵〟は今回、意中の女性と共に参加している」

「……はあ？」

「簡単な謎を解いただけでは女性に振り向いてもらえない。だから、難易度を上げてほしいそうだ」

「探偵遊戯でデートですか……かなわんなあ」

こっちは生きるか死ぬかだっていうのに――。

凜子は己の境遇とかけはなれた富豪たちを呪った。

「……あれ？」

一瞬、忘れかけたが、根本的な疑問を思い出した。

「〝探偵〟はもう〝犯人〟が私だと分かったんですか」

「いや。そうではないらしい。同伴女性の勘の良さに恐れを感じたようだ。とはいえ、さすがに独力で謎を解くことはできないだろうとのことだが」

「なら、いいじゃないですか」

「女性自身が解けなくても、あまり難しくないという印象を持たれるのが嫌なんだよ。迷宮入り事件の謎を華麗に解く姿を見せたいらしい」

「まあ、真相を知った後で、『だと思った』って言うクライアントはいますけど……」

「〝探偵〟としても大金を払っているからな。相応のリターンを求めるのは仕方ない」

「そのリターンってのが、連れの女を落とすこと？　金持ちの感覚は理解できひん」

「できなくていいさ。要求はもう少し複雑だ」

「まだ？」

「難易度が低く見えるのは困るが、難しくし過ぎて〝探偵〟自身が謎を解けなくなっては本末転倒。そこで『謎を難しく見せかけてほしい』というのが要望だ」

「なんや、それ」

「その方法として急遽《きゅうきょ》考えたのが『偽の証拠』。これだ」

　袋小路はハンカチを振った。

「同伴女性も推理に積極的だから『偽の証拠』により大きくミスリードされれば〝探偵〟が謎を解いたときの驚きが大きくなるはずだ。もちろん〝探偵〟は、これが『偽

の証拠』だと知っている」

凛子はやっと袋小路の手からハンカチを受け取った。

「このハンカチが『偽の証拠』ですか。こすいなあ。ヤラセじゃないですか」

「〝探偵〟が満足すれば、いいんだよ。それに、〝探偵〟が知っているのは、ハンカチが『偽の証拠』だということだけだ。もともと用意してあった謎は自力で解く」

「これは袋小路さんのハンカチですよね」

「そうだ。私が第二の殺人に向かう途中で落とした。そうミスリードする」

「ずいぶん安易なミスリードやね。引っ掛かるかな」

「もっと複雑な方がいいか」

「……それは困る」

「だろ。では、頼んだぞ」

言って、袋小路はドアに向かった。

「ギャラ上げてくださいね」

と、凛子はダメ元で要求してみたが、意外にも袋小路は足を止めた。

「……念のため確認だが、クルーザーで殺したのは、瀬々で間違いないな」

凛子は意味が摑《つか》めず、口籠《くちごも》った。

途端に袋小路が真っ青になる。

「……瀬々じゃなかったのか」

「え？　いや、瀬々ですよ。だって……え？　どういうことです？　瀬々じゃなかったら、あれは誰ですの？」

「いや……監視カメラの映像だと不鮮明でな」

「市原さんだって見てましたよね」

「……悪かった。忘れてくれ。引き続き頼む」

凛子を不安にさせたまま袋小路は部屋を出て行った。

3

「非常識にも程がありますよ」

司令室に戻ると、田中がまだ怒っていた。

〝探偵〟に無茶ぶりされた袋小路は、休憩中の田中を無線で呼び出し、対応を考えさせた。そうでもしなければ〝探偵〟が帰らなかったからだ。進行に合わせて柔軟にシナリオを変えるのが探偵遊戯。それは田中も承知している。しかし「謎を難しく見せかける」という曖昧な要求を、謎を解いてもいない〝探偵〟から出し抜けに突きつけられ、さすがに文句が止まらなかった。

できることは限られている。〝犯人〟やトリックの変更は今更無理。不必要な暗号を追加しても蛇足になるだけだ。ルルーであれば文句だけ言い続けて時間を浪費した

だろうが、田中は不満を口にしながらも、その場で案を出した。それが「偽の証拠」だ。

事件発生前後の行動に変更を加えても整合性が狂わない人物。その人物を囮《おとり》にし、疑いが向く情報を挿入する。段取りの打ち合わせをする時間も無いため、袋小路自身が囮となることにした。その旨を〝探偵〟に伝えると、やや不満そうだったが、なんとか引き取ってもらえた。

超特急で絞り出したアイデアにケチをつけられたと知ったら田中がさらに不貞腐《ふてくさ》れるかもしれないので、「〝探偵〟も満足していた」と伝えてある。

「凛子はすんなりOKしましたか」

「……ああ」

凛子に「安易なミスリード」と、けなされたことも田中には伏せることにした。

「まあ、でも、犯人が偽の証拠を用意するなんて、結果的にクイーンっぽくなって良かったかも」

田中が声を明るくした。

「クイーンっぽい？」

「後期クイーン問題のこと言ってます？」

隣で聞いていたメグが田中を横目で見た。

「う、うん……違う？」

「さあ。あれは複雑ですから」

すっかり田中は尻に敷かれているようだ。

ルルーがこの場にいなくて良かった。後期クイーン問題の話題なんて耳にしたら面倒な議論を吹っ掛けてくるのがオチだ。

「もう一人の先生の前で、迂闊《うかつ》にミステリー談義なんてするなよ」

「そういや、ずっと見てませんね」

田中が司令室の扉を見た。

「詰所にいます。新作のアイデアを思い付いたから声を掛けるなと言われました」

「自分から残ったくせに」

「こちらも別に用事がないので、放っておいてますが」

メグは声に嫌悪感を滲ませている。

「それでいい」

袋小路は時計を見た。深夜零時を過ぎ、殺人劇は二日目に入っている。

「そろそろだな……」

「またですか！」

珍しく盤崎が大声を張り上げた。

その視線は技術部の同僚・号木に向いている。号木は席を立ち、オペ卓から離れようとしていた。

「すいません。ヤニ切れちゃって」

「もう始まりますよ」

「すぐ帰ってきますので」

「これ、最後にしてもらえます?」

「それは、どうかな。ひひっ」

卑屈に笑いながら号木は司令室を出て行った。

様子が気になり、袋小路は盤崎に声を掛けた。

「どうかしたのか」

「いやあ、すいません」

盤崎は苦笑する。

「号木か?」

「ええ。席を外してばかりなので」

「サボりか?」

「タバコらしいです」

「サボりだな」

「喫煙所のコミュニケーションも重要だとか。うちらが相手にするのは、これなんですけどね」

盤崎はトントンとオペ卓を軽く叩く。

「ま、二人体制になっただけで、びっくりでしたけどね」

「そうだな。俺も驚いたよ」

もともとオペ卓のスタッフは二人体制だった。機器の操作に加え、場合によっては二十以上の映像を同時に監視しなければならないオペ卓の仕事は、一人では到底カバーしきれない。しかし、雅が日本支部に赴任すると、経費削減の名のもとスタッフを削った。オペ卓も一人体制になり、盤崎は長らく一人で難しいオペレーションや監視をさせられてきた。

ところが、今回から唐突に二人体制で組まれている。モニター監視がもっとハードだった前回の探偵遊戯ですら盤崎一人だった。今回は客室や使用人室にカメラを設置していないため前回より監視対象が少ないにもかかわらず、増員された。技術スタッフにとっては楽になる。労働環境が改善されるのは喜ばしいが、どうも腑《ふ》に落ちない。

「詳しい説明を受けていないんですが、二人体制に戻すってことなんでしょうか」

盤崎が袋小路に囁いた。

「いや、こっちも聞いてない。裏がありそうな気はするが……下手につっついて一人に戻されても、な」

雅のことだ。純粋な部下への配慮とは考えにくい。

「ま、相方があんな感じだと、あんまり恩恵を受けられないですけど」

盤崎がモニターの隅を見る。

裏ゲートの監視カメラ映像に号木が映っていた。ゲートを出た号木は、すぐカメラの外に消えた。

「号木は何をしているんだ」

「タバコですよ。あの先に腰掛けるのに丁度良い岩が並んでいるみたいで」

「詰所に喫煙ルームがあるだろ」

「狭いから嫌だそうです。出嶋班にも似たような連中がいて、裏ゲートが喫煙者のたまり場になってました」

「引き締めないといかんな」

ゲートを出るということは屋外だ。館とは森を挟んだ反対側になるためタバコの煙や人影が〝探偵〟から見えることはないが、スタッフが休憩目的で頻繁に外へ出るのは好ましくない。

「号木の人となりはどうだ？　経験者なんだろ？」

「はい。テレビ局でマスター業務をしていたとか。送出部ですね」

「それで雇ったのか。同じ畑のようで違う職種なんだがな。人さえ増やせばいいという考えが、奴《やっこ》さんらしい……」

袋小路は言ってから口をつぐんだ。

雅は詰所に戻っているが、アシスタントのサツキが司令デスクでスタッフの動きに目を光らせている。後でどう報告されるか分かったものではない。

「間もなくだ。奴さんを呼んでくれ」

雅に連絡するよう言うと、盤崎は露骨に嫌な顔をした。

「げっ。俺が呼ぶんですか」

「遅れはしないだろうが、念のためだ」

「余計なことするな、とか怒られそうだなぁ……」

雅を呼びつけることに抵抗があるようだ。

「わかった。アシスタントに頼む」

袋小路は後方のサツキに声を掛けた。

「そろそろ第二の殺人だ。支部長を呼んできてくれるか」

「え？」

サツキが丸眼鏡と同じくらい目を丸くして立ち上がる。

「えーと、一人で集中したいと言われているのですが……」

「遅れたら困る。呼んできてくれ」

「でも……」

サツキの目が泳いだ。嫌がる理由は盤崎と同じだろう。

「メグ。呼んできてくれ」

「はい」

袋小路が命じると、メグは顔色一つ変えず、席を立った。

「私が行きます！」

サッキが慌てて立ち上がる。

「無理はしなくていいぞ」

「……いえ。アシスタントは私ですので」

そう言いつつもサツキは動こうとしない。

「行ってきます」

メグはサツキを無視して席を離れた。

「麻生さん！　私が行くって」

サツキがメグの後を追う。

立ち止まったメグとサツキが顔を見合わせた。

「麻生さんは麻生さんの仕事をして」

「これも仕事ですけど」

「麻生さんは忙しいでしょ」

と、サツキが田中を見た。

「どういう意味でしょう？」

メグが無表情のまま問うと、サツキは沈黙した。

どちらも互いに目を逸《そ》らさない。

なんだ、なんだ……？

袋小路は若手二人の険悪なムードに驚いた。

「知りませんでした？　前からですよ」

盤崎が耳に吹き込む。

「そうだったのか……」

全く知らなかった。メグは他人に興味なさそうだし、サツキは気遣いのできる快活な性格だと思っていた。

すると、二人の向こうで扉が開き、雅が入って来た。

「……どうしたの？」

異様な緊張感を察した雅が戸惑う。

「いえ！　今、お呼びしようと思っていたんです！」

サツキがボスに微笑みかけ、緊張を終わらせた。

メグはやはり無表情のまま席に戻った。隣の田中は口を半開きにしている。

「動線を全部見せてくれる？」

司令席に着いた雅はオペ卓に命じた。今は穏やかモードのようだ。

盤崎はすぐさまモニターの表示設定を調整する。

廊下、ホール、待合室、使用人室、裏庭。これから凛子が通るエリアに絞った映像が分割で表示される。

モニターの端に目を移す。使用人室の映像。石室芳子が相変わらず気だるそうにし

ている。タバコを没収されているため苛立っているようだ。

オレオレ詐欺から美人局《つつもたせ》、恐喝に至るまで報告を受けているだけでも石室はかなりの「経歴」を持っている。探偵遊戯は今回が初参加。闇バイトのサイト経由で応募してきたと人事部からは聞いていた。友人はおらず、家族とも音信不通。唯一繋がりのあった交際相手は一年ほど前に殺人で実刑を受けている。一応、〝被害者〟の条件を満たしてはいるが、扱いは非常に難しかった。打ち合わせやリハーサルの間、最も手を焼いたのは石室だった。殺人を厭わない瀬々の方がまだ態度が良かった。常に反抗的で物覚えが悪く、社会性が欠落している。時間や約束を平気で守らない。そうした態度は結局、「本番」まで直らなかった。袋小路と田中は匙《さじ》を投げ、台詞を一つも与えないことにした。とにかく存在を〝探偵〟に認識させるだけに留め、運営スタッフが一緒の時以外は使用人室で待機するよう命じていた。

「まずいわね。〝探偵〟がいるわ」

雅が舌打ちした。

二階廊下の映像に意中の女性とくっついて歩く〝探偵〟が映っていた。

「こんなところまで来て何してるのよ……」

「タイミングが悪いな」

袋小路は顔を顰《しか》めた。

〝犯人〟に無線を渡し、誘導することもできるが、動きが不自然になると、後で〝探

偵〟から突っ込まれる。〝犯人〟が臨機応変に動くしかない。

「今、部屋を出たらバッティングするわよ」

雅は苛立ちを隠せなくなっている。

「凛子には、くれぐれも遭遇を避けるよう指導しています」

そう言いつつ、袋小路は凛子がドアを開けないよう祈った。

4

「ふふ、焦らないでよ」

廊下で女性の甘える声がした。このフロアにいる若い女性は、凛子、陽、蜜の三人。押し殺した声の主は分からないが、陽と蜜のどちらかだろう。一緒の人物は声を発していない。

ドアの前で耳を澄ませていた凛子は、袋小路から聞いた〝探偵〟の要求を思い出した。

面倒な仕事が増えたのは、これのせいか……。

腹立たしさを抑えて待機していると、フロアのどこかでドアの閉まる音がした。二人で部屋に入ったようだ。

凛子はそっとドアを開き、部屋の外を覗いた。フロアに人の気配はしない。

廊下に出て、音を立てないよう慎重に歩く。両手には持参したクッキー缶、ポケットには袋小路に渡されたハンカチを忍ばせている。

だいぶ酒を飲んだ。セーブするつもりだったが、いくら飲んでも酔えず、気づけば、ワインをボトル一本空けていた。やっと頭がぼんやりしてきたものの罪悪感を麻痺《まひ》させるには不十分だった。

消灯時間は過ぎている。廊下の照明はほとんど落とされ、何とか歩ける程度の明るさしかない。

人の気配が無いことを確かめてから一階に下り、そのまま玄関脇の待合室に入った。

鼓動が脈打つ。

「大丈夫。誰にも見られてない」

小声で自分に言い聞かせてから、窓の錠を外す。拳一個分ほど窓を開けると、隙間から冷たい外気が流れ込んだ。待合室の窓はこれ以上開かない。

凛子はポケットからハンカチを取り出し、窓から外に捨てた。

「これで文句ないやろ」

小さく吐き捨て、ホールに出る。

その途端、足がすくんだ。

大きな笑い声が響いたからだ。

咄嗟に周囲を見渡すが、人の姿は見えない。

すると、また笑い声がした。応接間から聞こえてくる。

「フルハウス！」

その下品な大声に聞き覚えがあった。前金だ。

「弱い――もう三連敗――やめとけよ」

前金は誰かとカードをしているようだ。

「――明智って――どう思う――探偵――」

ふいに自分の名が聞こえ、凛子は身体を強張《こわば》らせた。

酔って大声になっている前金に対し、相手の声は聞こえない。

応接間の前まで行ってみようかとも考えたが、「仕事」がある。

リハーサルどおり廊下を奥に進み、使用人室に辿り着く。誰にも目撃されたくないので、早く中に入れてもらおうとノックしたが、返事はない。当直の石室が在室しているはずだ。もう一度試しても無反応だった。

仕方なく、無断でドアを開けると、部屋の隅で石室が驚きの目を向けていた。

いるなら返事しろや！

不安にさせられたことに怒りを覚えつつも笑顔を作る。

「遅くにごめんなさい。使用人の皆さんにお話を伺いたくて」

「はあ……」

いくら驚いているとしても、メイドの態度として失格だ。

全然、教育されてないやんか……。

凛子は内心で袋小路に幾度目かの呪詛《じゅそ》を送った。段取りがスムーズに進むのか心配になる。

「あの、よかったら、お茶でもしながら話を聞かせてもらえない？」

凛子はクッキー缶を石室に見せた。

「はあ……」

「お茶……私が淹れようか？」

「はあ……」

あかん、こいつ……。

凛子は溜息を堪えて棚からカップを二つ出した。

「ティーバッグはある？」

あることも知っているし、ある場所も知っている。が、すぐに見つけるのはおかしいので、あえて質問する。

「えーと、その辺に……」

石室が指さした棚からティーバッグを取り、カップに入れる。ポットのお湯を注ぎ、適当に色がついたところでバッグを捨てて、テーブルに置いた。石室はただ眺めている。

こいつ、何にもやらんな！

だが、次の段取りは石室を動かさないといけない。

凛子はクッキー缶を開けようとして、なかなか開けられない芝居をした。

「開かないな。お皿出してくれる？」

「はあ……」

石室は面倒そうに棚へ振り返った。

その隙に凛子はポケットから薬を取り出し、石室のカップに入れる。瀬々に用いたのと同じモノだ。少量の摂取でも昏睡に至る。

石室が出した大皿にクッキーを並べ、形ばかりの聞き込みを行う。

「殺された瀬々さんは、どんな人だった？」

「……わかりません」

「一緒に働いていたんでしょ」

「……わかりません」

袋小路から、石室は何も話さないと聞かされていたが、もう少し言い方があるだろう。そのくせクッキーは遠慮なく食べている。

まあ、お茶さえ飲んでくれれば、それでいい。

プライベートでは絶対に親しくなれない相手と凛子は会話を続けた。なかなか石室が紅茶に口をつけないので苛立ったが、クッキーを数枚食べると、さすがに一口飲んだ。

味に違和感を抱いたのか、石室は一瞬カップを見た。

もう少し飲ませたい。

「……実は、このクッキー貰《もら》い物なんだけど、結構高いらしいよ。もっと食べて」

「はあ……」

普段食べられない高級品だと知り、石室は再びクッキーを食べ、紅茶を口にした。

凜子も「美味しい」を連呼しながらクッキーを食べる。本当は全く喉を通らない。無理に紅茶で流し込んだ。食べながら、わざとクッキーの粉をテーブルに落とし、「手がかり」を残す。

喋り続けているうちに石室の上体が揺れ始め、程なく額からテーブルに倒れ込んだ。

凜子は短く息を吐いた。

しんどいのはここからだ。

凜子は静かに立ち上がり、勝手口のドアを開けた。使用人室は裏庭に面している。昏睡した石室を抱え、勝手口を出る。使用人室の明かりが焼却炉を照らしている。人間一人なら余裕で入る大きさだ。その扉を開け、石室を中に押し込んだ。扉を閉めて、点火タイマーを設定すれば——。

指が動かない。酔いは覚めている。

「せやから、しゃあないんやって」

「ん?」

凛子は胸を叩いた。

乱れた呼吸を整えてから、タイマーを設定し、最後の仕上げに移る。内ポケットから取り出した紙片を焼却炉の土台に挟む。紙片は燃え残りに見えるよう周囲を焦がしてあり、書かれた文字が辛うじて判別できる。

『エルシー・フェンウィックがどこに埋められているか知っている』

凛子が書いたものだ。

さあ、終わった。長居は無用だ。

凛子は使用人室に戻り、飲みかけのカップと大皿を流しに置いた。

念のため、ここまでの段取りを思い返す。ミスは思い当たらない。タイマーも間違いなくセットした。「手がかり」と「偽の証拠」も残した。

「よし」

凛子は電気を消して、使用人室を出た。

足音を忍ばせ、廊下を戻る。応接間の声は消えていた。仮に前金たちがまだ残っていたとしても盗み聞きする気にはなれなかった。身体も脳も疲れ切っている。

早く部屋に戻って――もう一本ワインを飲もう。

凛子はよろよろと階段を上がった。

5

〈――聞こえますか――です。――さん！〉

耳元で叫ばれ、袋小路は跳ね起きた。

執事室のベッドに座り直す。イヤホンから盤崎が呼び続けている。

「はい、袋小路……どうした？」

〈お休みのところ、すみません〉

「いや、ちょうど起きるところだった」

時計を見ると午前五時を回ったところだった。仮眠を取るため執事室のベッドに入ったのが四時前。本音は、もう少し寝ていたかった。

〈こちらに来ていただけますか。緊急です〉

「緊急？」

頭が一気に回り出す。

「何があった？」

〈それが……焼却炉に死体が……〉

「石室だろ？　それがどうした」

〈……いえ。男です〉

「は？」

まだ寝ぼけているのか。盤崎の言う事が理解できなかった。

〈こちらも困惑しています。とにかく来ていただけますか〉

「……わかった。すぐ行く」

袋小路は急いで着替え、使用人室に入った。焼却炉に立ち寄ろうかとも考えたが、下手に痕跡を残してしまっては後にたたる。まずは状況を聞くべく司令室に直行した。

この時間は、皆、仮眠中だ。在室しているのは、モニターを監視する技術部と、袋小路と交代で待機しているメグだけ……のはずが、なぜか田中もいる。

一同は揃って袋小路に不安げな視線を投げた。

「見せろ」

袋小路は盤崎の背後に立ち、モニターに目を走らせる。

「これです」

盤崎が表示を切り替えると、焼却炉の監視カメラ映像が拡大された。

「……何だ、こりゃ？」

思わず素っ頓狂な声を出してしまった。

モニターに、あるはずのないモノが映っている。石室が入れられた焼却炉。その前に男がうつ伏せで倒れているのだ。よく見ると、首の後ろにナイフらしきものが刺さっている。

ＷＨＯ？　ＷＨＥＮ？　ＷＨＹ？　ＨＯＷ？　あらゆる疑問が同時に押し寄せる。

凛子の石室殺しはリアルタイムで監視していた。男の死体など見ていない。

「いつ気づいた？」

詰問口調になった袋小路から号木が視線を逸らした。

「発見したのは誰だ？」

予測はついたが、あえて問うと盤崎が号木を見た。

「……私が先ほど」

号木は動揺を隠せず、目を泳がせている。

「こいつは誰だ？　誰が殺した？」

「それは……」

号木は言葉に詰まった。

「号木さん、緊急事態です。正直に言いましょう」

盤崎に諭され、号木は俯いて黙り込んだ。

「ちょっと……？」

扉が開くなり、入ってきた雅が絶句した。ジャケットも羽織っていない。盤崎の報《しら》せで駆けつけたのだろう。

「説明して！」

「状況は分かっていません」

雅が怒鳴り散らす前に、袋小路は先手を打った。

「まずは確認しないと」

「だったら！」雅は怒鳴りかけて、急に声を落とした。「……早く行って」

いつもなら噴火している場面だ。長くはもたないだろう。

袋小路は雅の情緒が乱れないうちに司令室を出た。

館に上がってからは音を立てないように動く。使用人室の勝手口をそっと開け、裏庭に出た。外はかなり明るくなっている。

焼却炉に回ると、映像で見たとおり男が倒れていた。

「……」

その正体を知り、袋小路はしばし沈黙した。

〈誰なの？〉

イヤホンから雅の声が聞こえた。

袋小路は死体の顔を見ながら答える。

「……茶近です」

沈黙が返ってくる。静まり返った司令室が容易に想像された。

死んでいるのは、招かれた探偵の一人、茶近神郎。運営側のキャストだ。進行の補助が役割であり、〝被害者〟リストには入っていない。

〈死因は？〉

雅が尋ねる。

「背後から首をナイフで刺されたようです……いや、ナイフじゃないな」

よく見ると、茶近の首に刺さっているのはアイスピックだった。館で使用しているもので、刃の切っ先が四角形の高級品だ。

「アイスピックです。館内にいくつか同じものがあります」

うなじを細く鋭い刃で刺された茶近の死体は後頭部から肩までを赤く染め、さらに滴り落ちた血が地面に広がっていた。

〈事故ではなく、殺人ということね〉

「はい。間違いないでしょう」

しかし、誰に殺されたのか、ここで解明することは不可能だ。

その時、焼却炉が点火した。凛子がタイマーで設定した時刻だ。普段、焼却炉を使用しない時間に煙を出すことで石室発見のきっかけにする予定だった。

焼却炉の中を覗くと、横たわった状態で炎に包まれる石室が見えた。

「石室の死体はあります」

〈茶近はどうするの?〉

雅は茶近が殺された背景より探偵遊戯の進行を気にしている。その点は袋小路も同じだが、状況すら把握し切れていないのに、対応策を出せるはずがない。自分で考えようとせず、下に丸投げする雅のいつもの態度に内心で舌打ちした。

「盤崎……先生に変わってくれ」

オペ卓を通じて田中を無線に呼び出す。普段ぞんざいに扱っていることは皆に知られているが、改まって聞かれていると思うと、「先生」をつけないのが躊躇《ためら》われた。

〈田中です〉

無線に田中が出た。

「茶近の死体が現れたこと以外はシナリオどおり進んでいるようだ。急いで決めないといけないのは、この死体を残すか、隠すか、だろう」

袋小路はできるだけ冷静に話した。現場のチーフが焦れば、スタッフ全体に不安が広がり、雪だるま式に膨れ上がった不安はパニックに繋がる。そうなると収拾がつかない。

「茶近を〝被害者〟に加えることは可能か？」

〈……難しいですね。茶近は初めて館を訪れた人間です。犯人が殺す計画を立てていたとすると整合性が取れません〉

田中は弱気だ。

「だが、死体を隠せば、茶近が急に行方《ゆくえ》不明となってしまう。茶近の死もシナリオに組み込むしかない」

〈でも……犯人の動機や手口を変えないといけなくなりますよ〉

「それを考えるのがライターだろ！」

うじうじする田中を一喝する。

「謝らなくていいから、知恵を出せ」

〈すみません……〉

〈はい……〉

しかし、田中は沈黙した。

もう朝だ。急がなくては〝探偵〟が動き出してしまう。万が一、こんなところを目撃されたら、即破綻だ。

〈とりあえず、隠した方がいいんじゃないの？〉雅が割り込んだ。〈〝探偵〟の目に触れないようにしておいて、じっくり考えたら？〉

たしかに時間は稼げる。

「そうですね。では、一旦、司令室に運びます」

〈やめてよ。死体を持ち込むなんて。その辺の森に隠せばいいでしょ〉

「しかし、それでは見つかる可能性が――」

〈だったら、執事室にでも運んで〉

よほど嫌だったのだろう。雅のエゴが駄々《だだ》洩れになる。

「それは支部長判断ということですか」

お前が責任を持つのか、と袋小路は暗に詰めた。

〈いえ……そういうことじゃなくて、もう少し考えましょうってこと〉

意図せず地を見せてしまい後悔したのか、雅は急に口調を柔らかくした。

〈……〝探偵〟は？〉

ぼそっと女の声がした。メグだ。

「〝探偵〟が部屋を出たのか？」

袋小路は慌てた。

〈いえ、そうじゃなくて……もし、茶近が館の外にでるところを〝探偵〟が見ていたとしたら？〉

「ああ、そういうことか」

部下に動揺を悟られたようで袋小路は一人バツの悪い顔をした。

袋小路の羞恥など知る由もない田中が感心したようにメグの問題提起を引き取る。

〈その点は僕も気になってた。万が一、茶近が館から出るところを〝探偵〟に目撃されていたら、行方不明ということにしたとしても〝探偵〟は事件の一環だと捉えるはず。最後まで行方不明のままでは納得してもらえない〉

「消化不良になるな。推理の展開次第で単に運営が隠したとバレたら破綻どころではなくなる」

袋小路の一言で田中とメグは黙った。破綻以上の信用問題になったら大惨事だ。

では、どうする？

茶近が、いつ、誰に殺されたのか見当もつかない。殺した人間の意図など推測不可

能だ。

「先生」

田中を呼ぶ。

〈はい……〉

「仮に一旦、死体を隠したとして、後から連続殺人の一つとして加えることはできるか」

〈つまり、殺人を四件にすると？　無理です。三大作家に絡めた意味が無くなります〉

「この際、細かい点には目を瞑《つむ》るしかないだろう」

〈美しくありません〉

「美学なんかより、破綻の回避が優先だ！」

〈だいたい、さっきも言ったとおり、茶近が殺される理由がありません。殺人の動機を変えるとなると、設定から全て変えないと〉

こうなると田中は強情だ。

袋小路は言葉に詰まった。あまり強弁すれば、クオリティーを軽視していると雅に感づかれ、査定に響く。

「だが、隠さないとなれば、ここに死体を残すことになるぞ。それで、どうする？」

〈……今、思いつくのは一つだけ〉

「ほう」

田中が案を持っていることに驚いた。

〈茶近は偶然、石室殺しの現場を目撃してしまい、口封じのため凜子に殺された――これなら、シナリオの修正は一部で済むかと〉

「凜子が茶近を殺せるか？　しかも背後から刺しているんだぞ」

〈それは……おいおい考えます〉

〝犯人〟が予期していなかった突発的な殺人か。この辺りが妥協点かもしれない。

「仕方ないな。その方向で進めよう。支部長、いいですね」

〈制作に任せるわ〉

予想どおりの返事だ。

袋小路は茶近の死体を残し、焼却炉を離れた。

数か月かかって組んだシナリオを、わずか数分で壊し、組み替える。これこそが探偵遊戯の難しさであり、現場チーフの腕の見せ所でもある。しかし、かつて感じていたやりがいは、とうの昔に消えていた。田中のこだわりが眩《まぶ》しくもあり、鬱陶しくもある。

袋小路は重い足取りで勝手口から使用人室に戻った。

睡眠不足か疲労か、息切れがひどい。螺旋階段を下りるのも一苦労だ。

これからシナリオの修正が待っている。

誰が茶近を殺したのかも解明しないと――。

ふと、頭に浮かんだのは、瀬々の顔だった。

クルーザーから逃亡した瀬々が茶近と遭遇し、殺害したとは考えられないか。だとすれば、大事になる。

司令室では、すでに田中がシナリオの修正作業に入っていた。メグは横から矛盾のチェックを行っている。いつの間にかサツキも雅の横に座っていた。

袋小路は真っすぐオペ卓に向かった。茶近の死体がいつ現れたのか、まだ調べがついていない。二重の意味で気が重い。厄介なアクシデントの解決を迫られていることに加え、場合によっては部下のミスを追及することになるからだ。

「お疲れ様です」

戻って来た袋小路に盤崎が頭を下げた。

号木は気まずそうに卓を弄んでいる。

「話を戻そう。茶近の死体に気づいたのは、五時前。監視していたのは号木だったな」

「はい……」

号木が頷いた。

「殺されたか、運ばれてきたところを見てないのか」

「それは……」

まただ。号木が言い淀《よど》む。

「号木さん、黙っていられる場合じゃないんですよ」

盤崎に咎められた号木は目を伏せる。

磐崎は短く嘆息した。

「私が戻ったとき、号木さん、居眠りしていましたよね」

「寝てなんか！」

「寝てましたよ」

「少し、うとうとしただけです」

「私が仮眠に入ったのは三時。交代に戻ったのは五時。その間、ずっと寝ていたんじゃないですか」

「違いますって！」

「死体に気づいたのは、私に起こされた直後じゃないですか」

「だから、それは、ほんの数秒寝落ちしていただけで！」

「起きていたなら、どうして気づかなかったんです？」

号木が押し黙る。寝落ちしていた時間は数秒で済まなかったようだ。

「あの……いいですか」

田中がそっと手を挙げた。

「僕、二時間ほど前から、ここでモニターをチラチラ見ていたんですけど……」

「そもそも、なぜいるんだ、お前が？」

ライターは仮眠の時間だ。アクシデントが発生すれば、夜通しシナリオを修正しな

ければならないが、通常、深夜帯にはシナリオを進展させない。〝探偵〟を睡眠不足にさせるとクレームに繋がるからだ。そのため深夜は、石室殺しのような「仕込み」を行うぐらいで、それが済めば朝までスタッフは仮眠を取れる。

「どうも眠れなくて……」

田中は頭をかいて苦笑する。

眠れないからメグのいる司令室に来たということか。武士の情けでそこまでは突っ込まないでおいてやる。

「それで？」

「常に全ての監視映像をチェックしていたわけではないんですけど、不審な動きがあれば目立ったと思うんです。どの映像も動いていないので」

館内が寝静まっている深夜は人の動きがなく、全ての映像が静止画のようだ。

「短時間で殺人が行われたらモニターに張り付いていてもいない限り、見逃すんじゃないか」

「いえ。長い時間かかっていても気づかなかったと思います」

「……なぜだ？」

「真っ暗だったから」

「真っ暗？」

「そ、そうなんですよ！」

号木が叫んだ。

「これを見てください！」

号木はオペ卓のモニターで焼却炉の録画映像を再生した。使用人室の明かりに照らされた焼却炉が映っている。表示されている時刻は午前零時四十五分。石室殺しの直前だ。

再生を始めてすぐ使用人室の勝手口が開き、凜子が石室を抱えて出てきた。焼却炉に石室を入れ、タイマーをセットし、紙片を残す。袋小路がリアルタイムで監視していた光景だ。段取りを全て終えた凜子が使用人室に戻る。少しして使用人室の明かりが消え、映像は黒一色となった。森の木々に阻まれ、月明かりも届かない。完全な闇だ。

そこから号木は映像を早送りする。

画面は真っ暗なまま、隅に表示された時刻だけが進んでいく。二時。三時。四時。

やがて夜が明け始め、画面が少し明るくなった。

号木が早送りを止める。

「あっ！」

司令室の一同が揃って声を上げた。

そこには茶近の死体が倒れていた。まだ薄暗いが、輪郭が認識できる。時刻は四時五十分。そこから速度を落とした早送りをすると、はっきりと茶近が見え、駆けつけ

た袋小路がフレームインした。

「ほら、見てくださいよ！　明るくなった時にはもう死体はあったんです！　いつからあったのかなんて言われても分かるはずないじゃないですか！」

号木が鬼の首を取ったように振り返った。

「居眠りしていなければ、もっと早く気づいたんじゃないですか」

盤崎が冷ややかに言う。

「たかだか数分の違いでしょうよ！　ちょっと寝落ちしたぐらいで騒ぎすぎだ！」

憤慨した号木が立ち上がり、盤崎に詰め寄った。

「だいたい……あんた、自分たちが何やってんのか理解してんの？　こんな仕事に責任もクソも——」

「号木、やめろ」

袋小路は威圧し、号木を黙らせた。

雅の冷酷な視線が司令席から号木を刺していた。

職場批判を繰り返し、クビにでもなれば、号木は消される。

袋小路の意図を悟ったのか、号木は口を閉じたが、盤崎を上から睨みつけた。盤崎も座ったまま腕を組み、一歩も引かない態度を取る。

「号木さん、前職の待遇はもっと良かったのか？」

低い声で切り出したのは盤崎だった。

「だったら、どうした？」

「ここに流れ着いた経緯は知らないけどさ。きっかけはどうあれ、始めた仕事はしっかりやりなよ」

「……分かってますよ」

号木は吐き捨てるように言い、席に戻った。

一触即発の事態が静まり、袋小路は安堵したが、茶近殺しの真相は文字通り闇に包まれた。誰が何の目的で茶近を殺したのか、解明できなければ、シナリオを修正したところで、不安が残る。破綻までの導火線に火が付いたままだ。

「録画映像で茶近の行動を追ってくれ」

袋小路は盤崎と号木の肩を叩いた。気分を変えさせる意味もある。

「はい」

盤崎と号木が同時に頷いた。

田中のもとへ出向き、隣の椅子に腰を下ろす。叩き起こされてから立ちっぱなしで、朝から疲労困憊《こんぱい》だ。

「修正は？」

「ほぼ終わりました」

田中のノートパソコンを見ると、人物関係図と行動フローチャートが直されている。

「メグ、キャストに渡すメモを作ってくれ。これなら簡単なもので済むだろう。美術

部と話してこい」

「はい」

メグはパソコンのキーボードをカタカタ叩いてから急ぎ足で司令室を出て行った。

シナリオが修正されると、キャストにその旨を知らせる。たいていは変更点のメモ書きをトランプ等に偽装して各部屋に差し込むだけで事足りるが、複雑な場合は口頭で伝えることになる。

「茶近殺しの方はどう考える？　放ってはおけないぞ」

袋小路は手の空いた田中に訊いた。

「情報が少ないですからね……死体の周りで気になるものはありませんでしたか」

「見ていないな」

焼却炉では、茶近の死体をどうするかで頭が一杯だったが、周囲にも気を配ったつもりだ。しかし、手がかりになるようなものは見当たらなかった。

「凛子はどうかなあ」

「凛子？　何かに気づいた様子はなかったが……」

いや、断言はできない。監視カメラには凛子の些細な表情まで映っていない。

「確認してきて」

ずっと黙っていた雅が急にとげとげしい声を飛ばしてきた。

「確認……？　凛子にですか？」

「ええ。少しでも気になるところは潰しておかないとね」

「……では、部屋に電話を」

「電話じゃ、まどろっこしいでしょ」雅は首を傾げた。「直接、聴取してきなさい」

「いや、ですが、もう朝です。凛子の部屋に入るところを〝探偵〟に見られたら……」

「どうして見られるのよ？　隠し通路があるじゃない」

「隠し通路ですか……」

げんなりしていると、とうとう雅が噴火した。

「急ぎなさい！　破綻なんてさせないわよ！　リピーター獲得のチャンスを棒に振る気？」

こいつ、他人事だと思って……。

肘掛けを握る袋小路の手に力が入る。

「ハリーアップ！」

雅は厭味《いやみ》ったらしい英語の発音で急かした。

袋小路は落ち着けたばかりの尻を椅子から持ち上げた。

司令室を出て、もう何往復したか分からない螺旋階段に足をかける。

「ケチらないでエレベーターにしろよ」

愚痴りながら階段を上がった。地上一階を過ぎ、二階の隠し扉から出る。倉庫とし

て使われている部屋だ。

袋小路は深呼吸してから積まれている木箱によじ登った。立ち上がると天井に手が届く。天井近くの壁にある換気ダクトの蓋を外し、ポケットに入れてあったペンライトで中を照らす。高さ一メートルにも満たない狭い通路がどこまでも続いている。

「これを使うことになるとは……最悪だ」

袋小路は深い溜息をついてからペンライトをくわえて、ダクトに頭から突っ込んだ。中腰になるには高さが足りない。ライトを手に持ち替え、這って進む。

探偵遊戯のために建てられた館は非常時のために全部屋が隠し通路で繋がっている。この館では大きめの換気ダクトがそれに当たる。もちろん、隠し通路の存在は〝探偵〟に知らせない。設定上も存在しないことになっており、密室トリックを使用する場合も隠し通路は選択肢から外す。

「病人だぞ――どうして――こんな目に――遭わないと――いけないんだ」

這う度に、愚痴がこぼれた。

角を曲がりながら進むと、通路の枝分かれに差し掛かった。廊下から各部屋の天井に分岐している。

凛子の部屋の上に向かう。通路には所々のぞき穴が用意されているが、万が一、着替えでもしていたら大変だ。袋小路は見ないようにして進み、羽目板をノックした。

「え？」

驚く凛子の声が聞こえた。天井からノックの音がしたら誰だって驚くだろう。

「袋小路だ。話がしたい」

羽目板に向かって小声で告げる。妙に恥ずかしい。

「ちょ、ちょっと待ってください！」

慌てふためく凛子の声に続き、ガサゴソ音がした。覗かなくて正解だった。

「急いでくれ」

「……どうぞ」

許可を得た袋小路は羽目板を外し、天井の穴から逆さに顔を出した。

見上げている凛子と目が合った。

「緊急事態だ。聞きたいことがある」

唖然《あぜん》としていた凛子がぽつりと言った。

「……汗、すごいですよ」

6

香ばしいパンの匂いが廊下にも漂っている。

朝食にやってきた凛子が食堂に入ると、茶近以外の賓客たちが揃っていた。

市原に案内され、席に着くと釜元が皿を運んできた。スモークサーモン、ロースト

ハム、チーズが上品に盛り付けされている。続けて、市原が色々なパンの入ったバスケットを持って来た。

見た目だけでなく、味も良いことは賓客たちの反応で察しがつく。それでも凛子は食欲が湧かなかった。罪悪感に加え、袋小路から聞かされた「緊急事態」に意識が向いてしまう。

茶近が殺された――。

凛子は昨日から一人減った食卓を見回した。

死んだ茶近は運営のキャストだった。瀬々、石室に続く三件目の殺人。しかし、茶近を殺したのは自分ではない。他にも殺人を犯している者がいる。袋小路は多くを語らなかったが、汗だくの様子から察するに運営としても想定外のようだ。

袋小路には石室を焼却炉に入れた際、異変は無かったかと問われたが、あの時は緊張のあまり視野が狭まっていた。異変があったとしても気づかなかっただろう。

「食べないの？」

隣の亜蘭が不思議そうに見ていた。

食事に口もつけず、黙考していては不審がられて当然だ。我に返った凛子は照れ笑いを装った。

「ああ……朝はいつも抜いているので」

「ふうん。美容のためにも朝食はとった方がいいよ」

前金と違い、亜蘭はあっさりと引き、食事を再開する。

隣が亜蘭で良かった。今朝は蜜が前金の相手をしている。

凛子は釜元から給仕されたコーンスープを口に含んだ。程よい甘さが少し元気をくれた。少しずつ食事をとりながら凛子は部屋での出来事に思考を伸ばす。

――最初に殺したのは本当に瀬々だったか？

天井に引っ込む前、袋小路から念押しされた。瀬々殺しの直後にもされた質問だ。同じ答えを返すと、袋小路は「そうか」と呟いたきり、何も言わず天井に消えた。クルーザーの死体が瀬々かどうか、そこまで気にする理由が分からない。

あれは、たしかに瀬々だった。会話まで交わしたのだ。

「……」

パンを千切る手が止まった。

微かな違和感が脳裏にこびりついている。

――あんたも何かやらかしたのか？

そうだ。酒を飲み、リラックスした瀬々が口にした、あの言葉。殺意を悟られまいと気を張っていたため聞き流したが、今考えれば、妙だ。

「明智凛子」というキャラクターは、探偵業でのしくじりが原因で、バスカヴィル館を訪れる羽目になった。「何かやらかした」という点では瀬々の言っていることは正しい。しかし、瀬々が「明智凛子」のバックボーンを知るはずがない。しくじりにつ

いては賓客たちにも話していないのだ。では、瀬々が言う「やらかした」とは何を指しているのか。

「私のこと……」

瀬々は「明智凛子」ではなく、酒の失敗により〝犯人〟役を務めている目の前の女に向かって言った。だとすれば、明らかに役を脱いだ素の発言だ。

なぜ？　迂闊にも程がある。使用人同士の会話なら、つい気が緩んだという説明もつく。使用人はキャストである可能性が高いからだ。しかし、凛子は探偵として島に来ている。探偵遊戯のクライアント——〝探偵〟であるかもしれないのに、役を脱いで話すなどあり得ない。

瀬々が頭抜けたマヌケでもないかぎり、考えられる理由は一つ。

瀬々は、凛子が〝探偵〟でないことを知っていたのだ。

その上、何かしらのペナルティで凛子が参加させられていると摑んでいたことになる。これも妙だ。瀬々はどこで知った？　運営が〝被害者〟に〝犯人〟の素性を明かすはずがない。

「……」

混乱しかけた思考を軌道修正する。

瀬々がどうやって〝犯人〟の素性を知ったかは推測しようがないが、より重要なのは、なぜ凛子にそれを明かしたのか、だ。しかも、殺される直前に——。

すっと手からパンが落ちた。

「あれ？」

亜蘭が少し驚く。

床に転がったパンは市原がすかさず拾った。

凛子は平然を装い、市原に礼を言った。

「全然喋らないけど、体調でも？」

亜蘭が気遣う素振りを見せる。

「えーと……瀬々さんのことを考えていて」

「そりゃ、そうか。で、明智探偵の推理は？」

「やめてください」

と、話を切り上げようとしたが、周囲の目がこちらに向いていて、引っ込みがつかない空気になっている。

「まだ全然まとまっていません。明るくなったので、後からもう一度クルーザーを調べてみようと思ってます」

「魔犬に襲われちゃうかもよ」

「出てきたら正体が分かるから儲《もう》けもんですよ」

魔犬など存在しないことを凛子が一番よく知っている。

「お、スリル依存系の人？　僕と一緒だ」

亜蘭が軽薄な笑みを浮かべた。

「皆様おはようございます」

一臣と次輝の兄弟が食堂に入って来た。テーブルの中央に揃って座る。

「昨夜は皆様を驚かせてしまいましたが、お眠りにはなれましたか」

次輝が賓客を気遣った。

「ええ、ぐっすり」

「私は寝不足です」

「酒さえ飲めば、何があったって眠れるからな」

賓客たちが口々に言う。

「茶近さんは？」

蜜が空席に目をやった。

「もしかして朝弱い系？」

亜蘭がパンを頬張りながら冗談めかす。

「クルーザーを調べにでも行っているのかもしれませんな」

一臣が鷹揚《おうよう》に言った。

凛子は複雑な想いで様子を窺った。

皆、深刻に捉えていないが、この後、茶近の死を知ってどう反応するのだろうか。

〝探偵〟だけでなく、キャストにとっても驚愕《きようがく》の事態だ。むしろ展開を知っているキ

ャストの方が動揺するのではないか。

知らされている情報は、キャストによってムラがある。袋小路のように全てを把握している者もいれば、凛子のように肝心な部分を伝えられていない者もいる。〝被害者〟に至っては虚偽の展開を吹き込まれている。

「あ……」

思考が集約する。

〝被害者〟は己が殺されると聞かされていない。

しかし、仮に瀬々が己を〝被害者〟だと認識していたら……？

袋小路の質問が頭をよぎる。

本当に私は瀬々を殺したのか――？

死体は見つかっている。でも、酒を飲んだふり、昏睡したふり、全て演技だったとしたら……。

「知らんて……」

やりきれなさが口から出た。

〝探偵〟には至れり尽くせりの手がかりが残されている。しかし、こちらは殺人を強制されているのに、状況を何も把握できていない。〝探偵〟の正体だけでなく、「明智凛子」に指示を出している〝真犯人〟すら隠されている。ラストの展開についても伏せられたままだ。最後の殺人を終えてしまえば、受け身で過ごすしかないのが〝犯

人〟という存在だとしても、あまりに宙ぶらりんだ。先が読めないという点では、殺された石室や茶近と一緒ではないか。彼らだって自分が殺されるとは思っていなかっただろう。

「……一緒」

背筋が凍った。

自分が〝被害者〟にならない保証なんてどこにある？

処刑対象だった人間の扱いとしては充分にあり得る。最後の殺人を終えれば、「明智凛子」は用無しだ。

呼吸が荒くなる。

第三の殺人がさらに恐ろしく感じる。

せめて〝被害者〟にしないと約束してほしい。そんな約束に何の意味もないが、すがるものが欲しかった。

今すぐ逃げようか？　無駄だ。確実に殺される。

「どうすればいいの……？」

きつく目を閉じると、瞼の裏に瀬々の鋭い眼光が浮かび上がった。

7

袋小路は凛子の部屋から戻ったきり疲労のあまり司令室で動けずにいた。

埃《ほこり》だらけになったジャケットを脱ぐと、Yシャツが汗でびしょびしょになっていた。

メグに無言で距離を取られたのはショックだったが、着替えている暇も気力もなく、そのまま茶近の処理について話し合いを続けている。

「いつまで〝探偵〟に黙っていられるの？」

たいして案を出さないくせに雅は時間ばかり気にしている。

「そろそろ限界でしょう」

本来、石室の死は〝探偵〟たちの朝食中に報せる予定だったが、茶近の処理を決めかね、先送りになっている。だが、長くは引っ張れない。すでに茶近の不在を疑問視する声が〝探偵〟から挙がっているし、朝食の時間になってもメイドの石室がいないことに他の使用人が気づかないのは不自然だ。

即断即決が求められている反面、しかし、軽々には進められなかった。茶近の死は不慮の事故ではなく、明確な殺意と悪意によるものだ。真相の解明を放置すれば、後で支障をきたすリスクが非常に高い。

「あ……あ……」

録画映像をチェックしていた盤崎が急に狼狽えた。盤崎と号木には監視カメラ全ての録画映像を確認させていた。早送りを駆使しても全てをチェックするにはかなりの時間がかかる。手がかりになりそうな映像はまだ見つかっていなかった。

「袋小路さん、これ……」

盤崎がチェックしていたのは、焼却炉の映像だった。一度皆で見ている上に真っ暗で何も映っていないため優先順位を下げていた。

「早送りだとノイズに見えたんですが……」

盤崎は映像を通常のスピードで再生した。

表示時刻は午前二時五十二分。凛子が勝手口の明かりを消してから二時間ほど後の映像だった。

「中央よりやや下側です」

盤崎に示されたモニターの位置に目を凝らす。

カメラは暗所を撮る場合、機械的に明度を上げる。そのせいで、ちらちらとノイズのような粒子状の乱れが続く。そこまでしても闇は闇のため、モニターには不鮮明な黒味が映し出されていた。

そこに突如、蛍火のような小さな光が漂い出した。

「これは……ノイズではないな」

光はしばらく漂ってから画面の外に消えた。

「もっと明るくできるか」

「あまり変わらないと思いますけど」

盤崎は再生機側でもゲインを上げる。

画面全体が白ちゃけるまで明るくしても何かが動いているとしか認識できない。しかし、蛍のように浮遊したものではなく、手に灯りを持った人間の動きだということは推測できた。

「ライターの火かペンライトだろうな」

石室殺しの後で何者かが焼却炉を訪れ、しばらく細工をしていた。おそらく茶近を殺したか、殺害済みの死体を運んだのだろう。

時刻は午前三時前。ちょうど袋小路とメグが司令室で引継ぎをしていた頃だ。まさか、焼却炉で大事が起こっているとは想像もしていなかった。

しかし、一体誰が――？

動機や実行可能性を考慮すれば、まるで思い当たらない。

「……どこから来たの」

雅が忌々しげにモニターを睨みつけた。

外に出るルートは三つ。どれも監視カメラで押さえている。

一つは玄関。唯一の表ルートだが、クルーザーで死体を見つけた一行が帰館して以降、誰も玄関を開けていない。厳密には待合室や撞球《どうきゅう》室からも外に出られるが、いず

れも玄関前に出るためカメラに映る。

二つ目は使用人室の勝手口。こちらは存在を知っている者が限られる。凛子が石室を運び出した以外、〝探偵〟を含め、誰も夜間の出入りをしていない。

残るは裏ゲート。運営スタッフ用のエントランスで〝探偵〟は与《あずか》り知らないルートだ。地下二階の詰所エリアから運営の船を隠した島の裏手に繋がっている。見張りが付いており、監視カメラも設置されているが、夜間に出入りした人物は目撃されていない。

「やっぱり窓でしょうか」

田中がオペ卓までやって来た。

出入口を使わないとすれば、外へ出るには館の窓しかない。今回、キャストや〝探偵〟たちの部屋はカメラが設置されていないため、廊下の監視カメラに映らず、窓から出入りすることは可能だ。

「キャスト同士で諍《いさか》いがあったのかも……」

「否定はできんが、なぜに探偵遊戯中、しかもシナリオに則《のっと》って殺したのか説明がつかない」

「そうですね……」

「しかも――」

袋小路は盤崎と号木を交互に見た。

「茶近は部屋から出ていないんだな」

「ええ。クルーザーから戻った後は一度も」

号木が答える。茶近の動線を摑むため西棟の客室前廊下を撮影した映像は真っ先にチェックしていた。茶近は部屋に戻って以降、一度も廊下に出ていない。外に出たとすれば、窓を伝って下りたことになる。

「本人の他に茶近の部屋を訪れたのは？」

「いません」

「つまり、茶近が窓から出たとしたら、自らの意思だったことになる」

「茶近は何をしようとしたんでしょうね……茶近役のあの人は、どんな素性なんですか」

田中は真っすぐな目で尋ねてきた。

人事部じゃないんだ。何でも知っていると思うなよ、まったく。

袋小路は鼻白んだ。

「最近入ったスタッフらしいが、詳しいことは知らん」

「闇バイト経由ではなく、会社の人なんですか」

「ヒント役だからな」

「キャストの誰かに恨まれている可能性は？」

「……いかがですか」

袋小路は黙っている雅に水を向けた。

「報告は受けていないわ」

雅は木で鼻を括《くく》ったように言い捨てる。

「前職は？」

「……さあ、銀行か証券会社だったかしら」

歯切れが悪い。最近採用したばかりのスタッフの前職も覚えていないのか。まさか精査もせずに採用したわけではあるまいな。

「石室殺しから夜明けまでの間、館の外には少なくとも二人の人間がいたことになります」

雅からは有益な情報を得られないと判断したのか、田中が話を進めた。いつしか口数が増え、目がミステリー狂のそれになっている。普段なら面倒な兆候だが、今に限っては頼もしい。

「一人は茶近、もう一人は茶近を殺した人物。二人が揃って窓から出たとすれば、示し合わせていたと考えるのが自然じゃないでしょうか」

同じタイミング、同じルート、そして、どちらも監視カメラの位置を把握していた。偶然の一致で済ますのは、たしかに難しい。

「キャストと〝探偵〟の中で茶近と関係の深い人物を調べましょう」

袋小路が提案すると、雅が首を横に振った。

「そんな人間いないわ。彼は採用されたばかりだもの。キャストや〝探偵〟たちとは初対面よ」

「でも、そうなっちゃうと……」

田中は困ったようにメグを見た。

メグは肩をすくめただけで田中を突き放す。

「……いや、もう一人いる」

つい口にして、袋小路は後悔した。

こんな大事に発展するとは――。

「誰？」

雅が尖った視線を投げつける。

袋小路は観念し、一呼吸して吐き出すように言った。

「瀬々です」

司令室から音が消えた。

雅が口火を切るまでの時間がとても長く感じられた。

「きちんと説明して」

「……クルーザーの焼死体は、別人かもしれません」

袋小路は死体に抱いた違和感を打ち明けた。

田中は閉口し、さすがのメグも顔を顰めている。盤崎と号木はモニターから目を離

し、袋小路をまじまじと見つめていた。

「……なぜ、黙ってたの？　それが事実なら、最初から破綻していたことになるじゃない。どうして隠していたのよ！」

雅の地が顔を出し、詰問口調になった。

「隠していたわけではありません」

いや、隠していたのだ。面倒を避けるために。

袋小路は雅の目を見られなかった。

「この責任は重大よ」

「はい……」

雅は噴火を踏み止《とど》まっているが、四十半ばを過ぎて叱責されるのは辛《つら》い。しかも年下の上司に。袋小路は下唇を噛んで耐えた。この件に関しては、言い訳できない。

雅から次の叱責が飛ぶ前に、ボソッと声がした。

「瀬々が生きていて、茶近を殺したということですか」

顔を上げると、メグがじっと見ていた。

「……あくまで可能性の話だ。確信があるわけじゃない」

「どうです？」と、メグは横目で田中を見る。

「仮に瀬々の犯行だったとしても、茶近と初対面という点は同じですよね。動機は繋がらないままだ」

田中が両手で頭を押さえ、考え込む。

二人のおかげで雅は叱責を続ける気が失《う》せたらしく、「ふん」と鼻を鳴らした。

破綻したら、どうなるか分かっているわね。

そう目で袋小路に告げてから踵を返した。

「本部に報告してくるわ」

背中を向けたまま言い、司令室を出ていく。サツキが慌てて付いていった。

「悪かった」

雅の姿が見えなくなるのを待って袋小路は田中とメグに向き直った。

「僕には話してほしかったです。ライターなんですから」

田中が口を尖らす。

「すまなかった。メグにもな」

「いえ。私は別に」

破綻しても末端のスタッフには関係ないと思っているのか、メグの返事は素っ気ない。

袋小路は司令室を見渡した。

「皆にも迷惑かける。すまない」

頭を下げると、盤崎と号木は「あ、いえ」と気まずそうに顔を背けた。他のスタッフも会釈を返し、各々の仕事に戻る。

有終の美を飾るどころか、醜態を晒《さら》してしまった。

気持ちを切り替えようとしているところに、田中が囁いた。

「あの……様子がおかしくありませんでした？」

田中の視線は雅が出て行った司令室の扉に向いている。

「そう思ったか？」

袋小路も妙だと感じていた。

面倒事を隠したのは確かに失態だが、雅には説教されたくない。これまでも雅は探偵遊戯で起きたトラブルを極力無かったことにし、本部に報せてこなかった。しかし、今回ばかりはやけに報告が早い。

「茶近の素性についても言い淀んでいるようでしたし」

「……茶近の死と関係あるのか」

「さあ、それは……」

「分かった。探ってみる」

雅の振る舞いを見過ごせなくなっていた。

「この後、食堂で第二の殺人を伝える。田中とメグは、それまで修正に不備が無いかチェックしておいてくれ」

二人に作業を割り当て、司令室を出る。

階段を下り、詰所へ急ぐと、雅がサツキと自室に入るところだった。

「待ってください！」

袋小路に呼ばれ、振り返った雅は不愉快そうに眉を顰《ひそ》めた。

「茶近について、我々に話していないことがありませんか」

「くだらないこと言わないで」

袋小路の問いを雅は一蹴した。

が、その目がわずかに揺れていることを袋小路は見逃さなかった。

「隠す理由は知りませんが、破綻を避けることより重要なんですか」

「言ってる意味が分からないわ。破綻するとしたら、あなたの責任でしょう」

「そうかもしれません。しかし、もし後から破綻の原因が茶近にあると判明したら、私は対処のしようがなかったと本部に報告します」

「……」

雅の顔色が変わる。

やはり何か隠している。袋小路は確信した。不自然に柔和な態度、削り続けてきた人員の増強、職場環境の急激な改善。まるで別人のようなアプローチだ。

「私が知らなくて構わないことなら引き下がります。破綻に繋がる恐れが少しでもあるなら、全て話してください。すでに緊急事態なんです」

雅は袋小路を睨みつけ、しばし黙考した。

「……呼ぶまで自室にいて」

雅は傍らで青ざめているサツキを追い払うと、自室のドアを開けた。

「入って」

言われたとおり袋小路は雅の部屋に入った。

寝室とデスク付きのリビングに分かれた二部屋。スタッフの部屋より三倍は広い。

雅はソファを勧めることもせず、話し始めた。

「茶近は……いえ、茶近を演じていた男は本部の人間よ」

「本部？」

理解が追いつかなかった。本部でも探偵遊戯を行っている。アジア系のキャストもいるだろうが、わざわざ日本支部に配属するだろうか。しかも中途採用と偽ってまで。

「ずいぶん面倒な手順を踏んでいますね。どんな裏が？」

「監査よ」

雅は汚い言葉でも口にするように吐き捨てた。

「……本部が監査員を寄越したと？」

「日本支部の売上が落ちている原因を調査したいって。内密にね」

「一キャストの振りをして我々をスパイしていたということですか」

不愉快ではあるが、腑に落ちた。雅の妙な行動は監査の目を気にしてのものだったのだ。

不思議と茶近に対しては、それほど腹が立たない。許しがたいのは雅だ。

「私には言っておいてほしかったですね」

「あなただって瀬々のこと隠していたじゃない」

「それとこれは全く違います」

「……本部の指示だから仕方がなかったのよ」

雅は珍しく落ち込んでいる。

「それに、監査の真の狙いは私よ……茶近は私が本部にいた頃の同僚なの」

「……日本人同士の競争があったとは聞いています」

「日本への監査は彼が言い出したみたい。ここに私を追いやっただけでなく、完全に潰しに来たのよ。日本支部も上手く回せてないと報告されたら、私はもう終わり」

日本支部に飛ばされたのは雅の自業自得と聞いているが、茶々を入れるのは控えた。

「確かに、ここの成績は良いとは言えない。だから、監査の間は絶対に失敗できなかった。収益だけじゃないわ。職場環境から何から全てを完璧に保たないといけない。『グリム』までは上手くいっていたのに……」

蹴落とし合うライバルとしての雅は厄介な存在だろう。茶近はライバルの一角を監査の名目の下、消しに来たのだ。

「しかし……その茶近が殺された」

「複雑な気持ち。大喜びしたいところだけど、これ以上ない程まずい状況になった。監査員が殺されたとなれば、本部に報告せざるを得ない。すぐに調査団がここに来る

でしょうね。さあ、これでいいかしら？」

「ええ。失礼しました」

訊くべきことは訊いた。

袋小路は一礼して、部屋のドアに向かった。

「袋小路さん」

ドアノブに手をかけたところで雅に呼ばれた。

「絶対に破綻は回避しなさい。これ以上の悪い状況は考えたくもない」

「……」

袋小路は会釈だけして雅の部屋を出た。

廊下の隅で、こちらを窺っていたサツキが慌てて陰に隠れる。

サツキの前を通りかかった袋小路は足を止めた。

「監査のこと聞いていたか？」

「え？」

サツキの表情が変わった。

「知っていたようだな」

「何のことでしょう……」

サツキは目を伏せ、口は割らないとの意思を示した。

「知らなければいいんだ」

立ち去ろうとすると、サツキが前に体を滑り込ませ、歩みを止められた。

「ん？」

サツキの目には袋小路への非難が込められている。

「私は何も聞かされていませんが……支部長が判断されたことなら、それが正しいと思います」

「ずいぶん尊敬しているようだな」

立場が違えば見え方も異なるのか。意見は合いそうにないが、雅の評価について議論するつもりはない。袋小路は受け流し、早く仕事に戻ろうとした。

「いけませんか」

しかし、サツキは食って掛かる。退くつもりはないらしい。

「いや。いけないなんてことはないよ」

「袋小路さんも私を支部長の犬だと思っているんですね」

「どうして？　仕事でアシスタントをしているだけだろ」

雅に付き従い、言われたことを忠実にこなしているサツキは、他のスタッフと衝突することがある。中にはサツキを「支部長の犬」と呼ぶ者がいるのも事実だ。

「……私だって、この仕事に就いたからには出世したいんです。麻生さんのようにバイリンガルじゃないし、仕事の覚えも遅いけど……」

サツキの目は赤くなっている。

ここにもストレスで潰れそうになっている奴がいたか……。

事情は知らないが、サツキの悲痛な表情を見ているだけで袋小路は同情した。

「メグはバイリンガルなのか」

「知らなかったんですか？」

サツキは眉根を寄せる。

「まあ、そんなに付き合いが長いわけじゃないからな。英語が得意なら言ってくれれば良かったのに」

「あの子、能力に自信があるから私を見下しているんです」

「そんなことはないだろう」

「いいえ。あんなヤル気のない素振りをしているくせに仕事はちゃんとこなす。優秀なのは認めます。でも、私より出世するのは許せない。私は全てを捨てて、ここに来たのに……」

メグが出世を望んでいるとは思えないが、若い頃に他人と自分を比較しがちなのは理解できる。

「事情があるんだな。ああ、言わなくていいぞ。ここのスタッフはたいてい過去に傷がある。自分だけが劣っていると思っているなら大間違いだ」

サツキの顔から険が消えた。

「あ、私……別に、出世のためだけに支部長の犬でいるわけじゃありませんよ！」

「自分で犬と言っていいのか」

「いいんです、もう……だけど、袋小路さんは分かってください。支部長は大変なんです。他の社員にはない苦労を沢山されています。だから、私だけは味方でいてあげたい」

「本当に監査のことは知らなかったのか」

「……聞かされてはいませんが、なんとなくは……。『グリム』と『バスカヴィル』の案件が始まる前あたりから支部長の様子が変だったので……」

「そうか……で、この島を次に使うのはいつだ？」

「次の使用スケジュールですか……確認しないと」

「近日使う予定なら調整が必要になるかもしれない。本部の調査が入る。支部長とすり合わせておいた方がいい」

「分かりました」

「それと……タバコを吸うのか」

「え？」

「今気づいた。わずかだが匂いがする。イライラすることもあるだろうが、支部長は吸わないから気をつけろよ」

「……はい。ありがとうございます」

サツキは礼を言いながら脇に退き、袖の匂いをくんくん嗅いだ。

やっと通路が空き、袋小路は詰所を出た。

田中とメグを無線で司令室の外に呼び出す。

階段を上がると、すでに二人が待っていた。

「茶近は本部の監査員だった」

他の耳がないことを確かめた上で、袋小路は雅との話を二人に伝えた。

全員への共有はフィナーレ後に先送りした。そもそも茶近の狙いが雅の失墜だったとすれば、末端のスタッフにとってはあまり関係ない。無用な動揺は避けたかった。

案の定、田中とメグの反応も淡泊だった。自分たちの査定に影響しないのだから、こんなものだろうと袋小路は一人納得した。

「茶近の素性を踏まえて、シナリオに変更は必要か」

目下の懸念を田中に相談する。

「いえ。シナリオとは無関係ですから……だよね？」

田中はメグにお伺いを立てる。

「私に振らないでください。大丈夫だと思います。今のところは」

「今のところ？」

メグの口ぶりが気になった。

「まだ何か起こるかもしれませんので」

「嫌なことを言うなよ」

袋小路は螺旋階段を上がった。執事室で埃と汗だらけの服を着替えながら、無線で使用人の三人と段取りを共有する。食堂に着くと、一同が食後のコーヒーを飲んでいるところだった。

袋小路は深刻な表情を作り、奥に進む。並んで座っている数々家兄弟の間で耳打ちした。

「……茶近さんが？」

二人が声を揃えて驚いた。

「はい。茶近様です。それと、使用人の一人が姿を見せません」

袋小路は念を押した。本来なら石室の行方不明のみ報告し、一同で焼却炉へ出向き、死体を発見する手筈《てはず》だったが、茶近の死体が転がっている以上、そちらを先に報告する流れに変更した。キャストにも変更点を通知済みだ。

「皆さん、驚くべき事態となりました」

次輝が賓客を見渡す。

「魔犬による第二の殺人がおきました」

「殺されたのは……？」

陽が空席に視線を向けた。

「はい。犠牲者は茶近さんです」

食卓が静まり返る。

さすがの〝探偵〟もニヤリとはしないようだ。

「それと、使用人が一人行方不明になっています」

次輝が続ける。

袋小路が石室の件も念押ししたのは、手がかりに繋げるためだ。しかし、ヒント役が動かない。段取りを忘れているのか。

袋小路はさりげなく凛子に目をやった。

上の空で思案顔をしている。

こいつ、やっぱり忘れてやがる……。

袋小路が咳払いをしても凛子は気づかない。

ちゃんと仕事をしろ！

袋小路は凛子を睨みつけた。

ようやく視線に気づいた凛子は袋小路と目を合わせた。

「あ……あ……」

明らかに取り乱している。

早く言え！

袋小路が目で催促すると、凛子はおもむろに口を開いた。

「し、死体を見に行きましょう。使用人の彼女も無事ではないかもしれません……」

無様な言い草だ。茶近がいなくて良かったな。査定されていたら下の下だったろう。

袋小路は呆れを顔に出さず、一同を焼却炉に誘導する。

「茶近様は焼却炉で倒れておられました。皆様ご覧になられますか」

「もちろん！」

亜蘭が勢いよく立ち上がった。

8

袋小路に案内され、一同は食堂を出た。

凜子は落ち込みながら最後尾に続いた。

自分はこの後どうなるのか、不安に圧し潰され、与えられた台詞を忘れていた。憤怒に染まった袋小路の目を思い出すと気が重くなる。

怪文が刺さったままの玄関扉を開け、ポーチに出たところで袋小路の足が止まった。

どうしたのかと首を伸ばすと、袋小路がこちらを見ている。

また何か忘れちゃってる……？

しかし、焼却炉までの道中でやることはないはずだ。

「どうかしたのか？」

足踏みさせられた一臣が袋小路を問い質す。

「いえ……その……」

袋小路の様子がおかしい。まだ、しきりにこちらを見ている。その視線は凛子と交互にポーチ脇の地面に向けられていた。

「あ……」

小さく声が出た。

ハプニングのせいですっかり失念していたが、偽の証拠として袋小路のハンカチを捨てた場所だった。しかし、そのハンカチが見当たらない。ポーチと壁の陰になっていて風で飛ばされることはない場所だ。

袋小路が訴えるような視線を向けてくる。

そんな目されても知らんわ！

凛子が首を傾げると、袋小路は肩を落として再び歩き始めた。

道中、凛子も辺りを探しながら進んだが、どこにもハンカチは落ちていなかった。

屋敷の裏手に回ると、焼却炉と倒れている茶近の姿が見えた。

「ホントに死んでるぜ、へへ」

先を歩く前金の笑い声が聞こえた。

「不謹慎だよ、前金さん」

「へっ、そっちも楽しんでるくせに」

亜蘭に注意された前金が憎まれ口を叩く。

焼却炉の前に着くと、陽と前金が茶近の死体の脇に屈み込んだ。

袋小路から伝えられてはいたものの凛子は目の前の光景に現実味を感じられなかった。つい数時間前、ここに茶近の死体など無かった。

島で何が起きている……？

凛子は周囲を窺った。焼却炉の火は消えている。中に石室がいることを〝探偵〟はまだ気づいていないのだろう。この後すぐ発見されると知ってはいるが、そわそわしてしまう。

「刺殺か」

陽は物怖《ものお》じせず、アイスピックの刺さった茶近の首を様々な角度から見分している。対して、蜜は遠巻きに死体を見ている。が、その顔は興味深げだ。

「私も失礼して」

次輝も捜査に加わった。茶近の衣服をまさぐっている。

茶近の死体に群がっている連中から離れ、亜蘭が焼却炉の周りを調べていた。

「また怪文か……ん？」

亜蘭は、縁が黒く焦げた紙片を拾い上げた。凛子が残しておいた手がかりだ。

「いや、怪文ではないな」

一同の視線を集めた亜蘭は紙片に書かれた文字を読み上げた。

「『エルシー・フェンウィックがどこに埋められているか知っている』」

「へーえ」

死体の横で屈んでいる前金が顔を上げた。

「どういう意味？　エルシーって誰？」

　蜜が誰にともなく疑問を投げる。

「カーの『黒死荘の殺人』に出てくる一節だよ」

　嬉しそうに答える亜蘭に、陽が重ねる。

「エラリー・クイーンの次がジョン・ディクスン・カー。もう決まりね。怪文の署名は、世界三大ミステリー作家。残りは、アガサ・クリスティ」

「そうだとしたら、ちょっと残念だな」

　死体に目を戻した前金が顔を這わせながら言った。

「残念というと？」

「『黒死荘の殺人』を出しておきながら、単なる刺殺ってのはなあ。凶器がアイスピックってのは納得だが、魔犬もずいぶん地味な殺し方に変わったもんだ。なあ、お嬢さんたちも物足りねえだろ？」

　前金が凛子と蜜に含み笑いを向ける。

「そんな残酷なこと言いたくなーい」

　蜜は愛想笑いを浮かべたが、凛子は無視した。

　茶近の死体に魔犬の痕跡が無いのは当然だ。殺したのは別人なのだから。

「ちなみに、エルシー・フェンウィックという名に心当たりは？　該当しそうな関係

者はいる？」

　亜蘭が一臣に尋ねる。

「さて。記憶にはありませんなあ。袋小路はどうだ？」

　一臣に振られた袋小路は首を振った。

「いえ。当館に関係のある人物ではございません」

「じゃ、『黒死荘の殺人』と関連付けるためだけのメモということか……うーん。燃えた紙切れに書かれた『黒死荘の殺人』を示す一文……」

　亜蘭が片手をポケットに突っ込み、紙片を見つめる。

「……ひょっとして。袋小路さん、焼却炉の中は？」

「ゴミの燃えカスぐらいかと」

「開けてもらえる？」

「え、ええ」

　亜蘭の要求で、袋小路が焼却炉を開ける。

　凜子は身構えた。

「うわあああっ！」

　袋小路は少々、いや、だいぶ大げさに驚き、後ずさった。

　一同が焼却炉を覗く。

　凜子の位置からも石室の脚が見えた。

動揺はまず肌に現れた。頭が認識する前に鳥肌が立つ。

「使用人さん？」

陽に訊かれた袋小路は口ごもった。

「さあ。ここからでは何とも……」

石室の死体は頭が奥にあり、外から視認できない。

「出そうぜ。へへっ、誰かはっきりさせねえとな」

前金が囃《はや》し立てた。

「頼むね」

亜蘭が袋小路に微笑みかける。

「わ、私がですか？」

予定どおりのくせに袋小路は狼狽《ろうばい》してみせた。

「承知しました……」

袋小路は渋々といった様子で死体を焼却炉から引き出した。

うつ伏せに置かれた死体は全焼を免れていた。焼却台の底に面していた箇所は焼けずに原型を留めている。横顔もはっきり判別できた。

「覚えている。石室さんだよね」

亜蘭が袋小路の脇に立ち、死体を見下ろした。

「はい……石室です」

「居所は判明したね」

死体の身元を特定し、一同が達成感を得ている中、凜子だけは密かに震えていた。

石室は発見された体勢のまま茶近の横に置かれた。うつ伏せで顔を横に向けている。

しかし、凜子は犯行時、石室を仰向けにして押し込んだ。体勢が入れ替わっている。

まさか焼却炉が発火した際、石室は意識を取り戻していたのか。生きたまま焼かれ、苦しんで、のたうち回ったのだろうか。凜子は胸を押さえた。

「あれれえ」

勝手に石室の死体をひっくり返した前金が腹部に顔を近づけた。

「……死因見っけ」

何を言っているんだ、このキモ男は……。外見で薬を検知できるものか。

凜子は前金の肩越しに死体の腹部を見た。

焼け残ったメイド服に穴が開き、黒く変色している。

血？　どうして？

前金が衣服をたくし上げると、腹部の刺し傷が現れた。古傷ではない。血こそ止まっているが、できたばかりの穴がいくつも空いている。

「嘘……」

目を疑った。石室を刺してなどいないし、こんな大怪我を彼女が隠していたとは思えない。

顔を上げると、袋小路と目が合った。

凛子は小さく首を横に振る。

袋小路は疑わしそうに一瞬、目を細め、死体に向き直った。

私が刺したんやないって……。

おそらく信用していないであろう袋小路を恨む。

そして、思い出す。執拗《しつよう》に瀬々の生死を気にしていた袋小路を。

もしかして瀬々は死んでおらず、クルーザーの死体は別人だったのではないか。袋小路は明言していないが、あれだけ気にしているということは、少なくともその可能性はあるのだろう。

だとすれば、昨夕、クルーザーに放置された瀬々と誰かが接触したことになる。茶近の殺害からも別の殺人犯が存在することは明白だ。石室を刺したのだって――。

息が漏れた。

視界の靄《もや》が晴れる。心臓をちくちく突かれているような胸の痛みが和らいだ。

石室や瀬々に飲ませた薬は昏睡させるものであって、死には至らないと説明を受けている。石室を殺したのが別の人物であり、クルーザーの死体も瀬々でないとしたら……自分は殺人を犯していないのかもしれない。

しかし、見えかけた希望の光はすぐ暗雲に包まれた。まだ第三の殺人が残っているのだ。そこで手を汚してしまっては、結局、人殺しになってしまう。

何か方法は……。

凛子は死体を調べている賓客と数々家兄弟を観察した。

「そうだ！」

凛子は胸の前でぱちんと手を打った。

隣にいた蜜がニッコリして振り向いた。

「あら、閃いちゃった？」

蜜は、凛子が事件の推理をしていると思っているようだ。

「……いえ。まだ推理と呼べるほどではないので」

凛子はやんわり話を打ち切り、思案に戻る。

すでに第二の殺人まで起きている。なぜか茶近まで加わり、被害者は三人。

充分だ——。

第三の殺人が起きなくても探偵遊戯として成立するだろう。

次の殺人を犯す前に〝探偵〟が〝犯人〟を当てれば、そこで探偵遊戯は終わる。つまり、〝探偵〟に「明智凛子」の犯行を見破ってもらえばいい。そうすれば、殺人から解放される。仮に運営の用意した結末が〝犯人〟の死だったとしても、途中で幕が閉じれば、生き延びられる。

問題は〝探偵〟に謎を解かせる術だ。第三の殺人は迫っている。悠長に遠回しな誘導をしていては時間切れだ。「決定的な証拠」を〝探偵〟に見せるしかない。幸い、

それは鞄に入っている。〝真犯人〟からの殺人指示書だ。

しかし、館内の人間全員に見せて歩くわけにはいかない。〝探偵〟以外の人物に指示書を見せたら運営に知らされ、その場で処刑される。

〝探偵〟を割り出し、指示書を見せる。それが命と魂を守る唯一のルート……。

凛子の目に決意が宿った。

9

断りもなく突然、茶近の首からアイスピックが引き抜かれた。

ぎょっとする袋小路の前で、〝探偵〟がアイスピックを手にほくそ笑んだ。死後しばらく経っているので血が飛び散りこそしなかったが、手前勝手も甚だしい。

「切っ先が四角い。少し変わった形状」

〝探偵〟は茶近の首に空いた穴を見た後、視線を石室の腹部に向ける。

「どちらの刺し痕も四角」

袋小路も石室の刺し傷を見て、感づいていた。

石室を刺した凶器は茶近の首に刺さっていたアイスピックだ。

だが、石室を刺す必要はあったのか？

凛子の犯行は一部始終を監視していた。本人も刺していないと目で訴えてきた。凛

子の仕業でなければ、茶近を殺した人物が石室も刺したと考えられるが、放っておいても死ぬ石室を、なぜ――？

〈釜元から袋小路さん〉

補聴器型のイヤホンに無線が入った。

袋小路が一同を焼却炉に連れ出してから、クルーザーの死体を調べに行くよう釜元と若林に伝えてあった。

〈綺麗なもんですよ、歯並び。差し歯でもないようです〉

やっぱりか……。

袋小路は吐き気を催した振りをして、その場を離れた。口を押さえた状態で無線を使う。

「袋小路だ。間違いないか」

〈ええ。もう丹念に調べましたから。こびりついた皮膚を剝がして――〉

「そこはどうでもいい。犬歯は？」

〈犬歯の位置は上下とも正常ですし、咀嚼《そしゃく》に支障が出るとは考えにくい歯並びです〉

「……分かった。ありがとう。館に戻ってくれ」

死体は別人。辛いが、認めるしかない。

瀬々は生きているのか？

死角を利用して海に飛び込んだとしたら昏睡は芝居だったことになる。

瀬々は殺されることを知っていた？

あの焼死体は誰だ？

あぶくのように新たな謎が次々と湧き出す。

そうこうしているうちに、次輝が茶近のポケットからハンカチを取り出した。

凛子に渡した「偽の証拠」だった。

どうして、茶近が持っている？

「このハンカチは……」

次輝が広げると、ハンカチに刺繍《ししゅう》された袋小路の名が現れた。急遽用意させたので、少々縫い方は甘いが、仕方ない。

「あれ？　私のハンカチ？　どこかに落としたと思っておりましたが……」

ひとまず、自分の物だと認める。あまり露骨に手がかりとして提示するのも〝探偵〟の心証を悪くするので、塩梅《あんばい》が難しい。

「茶近さんのポケットに入っていたんですか？」

突然、凛子が大声を出した。

そんな台詞は与えていないし、アドリブとしても不要だ。

「次輝さん、これは手がかりになりませんか」

凛子は次輝の顔を覗き込んだ。

「そうですね……なぜ、茶近さんが袋小路のハンカチを持っていたのか」

次輝は凛子の勢いに気圧されている。

凛子は亜蘭に首を回す。

「亜蘭さんは、おかしいと思いませんか」

「まあ……関係あるかもしれないね」

軽口の多い亜蘭も引き気味だ。

「一臣さんは、どう思います？」

凛子は順に意見を求めていく。せっかく準備した「偽の証拠」に注意を向けようとしているのか。だったら余計だ。強調し過ぎると、かえって囮に見えるではないか。

「前金さんも死体ばかり眺めてないで。証拠品かもしれませんよ」

凛子は前金に詰め寄り、その顔をじっと見つめている。

せっかく用意した「偽の証拠」を無駄にしてなるものか。

袋小路は凛子の前に割って入った。

「どこに落としたのか見当もつきませんが、茶近様が拾ってくださったんでしょうね」

「ああ……そうですか」

でしゃばり過ぎと気づいたのか、凛子は渋々退《ど》いた。

その姿を見て袋小路は嫌な予感に襲われた。以前にも感じたことのある不快さだ。

「まだ捜査をお続けになりますか」

「もう一通り見たかな」

亜蘭が死体と焼却炉を見渡すと、一同が頷いた。

「あ！」

蜜が手を叩く。

「もしかして、茶近さんと石室さんは昨夜一緒だったりして」

「密会してたってこと？　ゲストと使用人が？」

蜜の発案に陽が眉を寄せる。

「へへっ、この男、手が早そうだったもんな」

前金が茶近の死体を見下ろして、嘲笑する。

場が砕けた。

「茶近様はどうか存じませんが、石室なら使用人室で待機していたはずです」

ここでの手がかりは全て提示したので、袋小路は次の現場へ誘導を始めた。

「使用人室も見てみようか」

亜蘭が言ったのを機に、袋小路は勝手口を開け、一同を使用人室へ案内した。

「これは……食べカスかな」

早々に次輝がテーブルに散らばったクッキーの粉を見つけた。凛子が撒いておいたものだ。

「クッキーのようだな」

一臣が粉を指でつまみ上げる。

その傍らで亜蘭が流しに近づいた。

「こっちにはティーカップが二つ」

「茶近と石室が使ったのか」

前金が「ふん」と鼻を鳴らす。

茶近の死が意外なミスリードとして機能し、袋小路は複雑な気分だった。

「うーん。男女がお茶していて、クッキーを食べ散らかしたりするかな」

蜜が異議を唱えた。

「女同士なら、散らかすのかい？」

「たまにね」

亜蘭の茶々に蜜が応じると、使用人室が笑いに包まれた。

死体を見た直後に冗談を言い合う。やはり異様な空間だ。

袋小路は最後となる職場を客観視し、鼻白む。

「オーソドックスに考えれば、石室さんと一緒だったのは犯人でしょう」

陽が推理を進めた。

「じゃあ、蜜さんの説に従えば、犯人は女性？」

亜蘭がおどけた。

「そ、そうとは決まってないじゃないですかぁ！」

わざとらしく否定する凛子に袋小路は困惑した。

凛子の発言は不必要であるだけでなく、動揺しているように見えてしまう。自ら犯人だと名乗っているようなものだ。

「私は、こぼしてしまうかもしれません！　不注意なもので」

凛子の印象を消すべく、強引に口を挟んだ。

「女性を前にしても食べ方が下品な男もいるしね」

陽が前金を白い目で見る。

「そうなのか」

前金は意に介さない。

「指紋は？　茶近さんの指は指紋を採れるんじゃない？」

蜜が、また閃いたとばかりに指を立てる。

「警察も来ないのに無理」陽が苦笑する。「ここはクローズド・サークルになっているんだから、指紋や毒物の採取はできない」

「ふーん」

「ナイスアイデアだと思ったのにねえ」

しょんぼり肩を落とした蜜を亜蘭がからかった。

「意地悪！」

蜜が膨れる。

なんとか誤魔化せたか。

袋小路が安堵していると、悔しそうな凛子の横顔が目に入った。

再び嫌な予感がした。同時に、既視感も覚える。

袋小路は不快な記憶の出所を探った。

……田中だ。

一昨年、袋小路が仕切った探偵遊戯の〝被害者〟役として参加していた田中はモブキャラのくせに空気を読まない発言を連発し、シナリオを破綻の危機に追いやった。後日、それは助かるために取った行動だったと判明するが、すったもんだの末、田中は命を拾われ、探偵遊戯のライターに収まった。あの時、田中にヒヤヒヤさせられた感覚を凛子からも感じる。「偽の証拠」をアピールしていたのも、それぞれの反応を見て、〝探偵〟を炙《あぶ》り出そうとしていたのではないか。それとも極度の緊張で暴走しているのか。

いずれにしても、ここは早く終わらせよう。

袋小路は一同の様子を見て、やんわり解散を促した。

「捜査がお済みでしたら、皆様、お部屋や応接間でお寛ぎください」

殺人現場の捜査よりも明らかにテンションが下がっていたこともあり、〝探偵〟は特に抵抗もせず、キャストと共に使用人室を出た。凛子は最後まで袋小路と目を合わせなかった。

凛子の奴、妙なことを考えていないだろうな……。

暴走がエスカレートするようなら、第三の殺人を起こす前であっても処分しなければならない。予定を全て消化するより破綻を防ぐ方が優先される。

袋小路は一同が完全に去ったのを確認してから、地下に下りた。

司令室では、田中が思わぬことで悩んでいた。

「僕が『偽の証拠』を作ったことで茶近を死なせてしまったんでしょうか」

茶近の死と「偽の証拠」を追加したことに因果関係があるのではないかと田中は気にしていた。

「茶近がハンカチを持っていたからか？」

「はい」

すでに三人殺すシナリオを書いているくせに、想定外の殺人を気に病むのは滑稽だが、田中らしいといえば、田中らしい。

「どうだろうな。異変は茶近の死だけではないだろう」

「そうですけど……」

袋小路は田中の肩を強く握った。

「痛いっ」

「お前が今やるべきことは何だ？」

「……えーと」

「仕事に決まってるだろ！」

一喝すると、田中の目が変わった。

ミステリー狂ではない。ライターの目。

「もう一度聞く。お前が今やるべきことは何だ？」

「……シナリオを破綻させないことです」

「そうだ」

「それと――」

「え？」

田中が食い気味で続けたので、袋小路は締まりが悪くなった。

「捕まえてやりますよ。僕のシナリオを壊そうとする奴を」

ミステリー狂いのライターか。

袋小路は自嘲する。

狂うほど好きな奴には敵《かな》わない。自分が獲得できなかった眩しさを田中は初めから持っている。

田中への問いを自分に投げかけるとすれば……今できることは、若手のサポートだ。

「釜元の無線は聞いたな」

「はい。瀬々は生きているかもしれませんね」

「そして、石室はおそらく刺殺された」

「はい。深夜の映像を見直しましたが、凛子は刺していません」

「だろうな。そんなことする理由がない。凜子が石室を焼却炉に入れたのが午前一時前だから、刺されたのは、それ以降。茶近が殺されたのは、さらにその後。もしくは、ほぼ同時。まだ息のあった石室を刺してから、同じ凶器で茶近を殺したんだろう。焼却炉前で火が灯《とも》った時間とも合致する」

「でも、おかしいんだよな……」

「何がだ？」

「うーん、まだ上手く説明できません」

田中は頭を両手で押さえる。

「やったのは……」メグが横から尋ねた。「瀬々ですか？」

それを聞いて田中の顔が引きつった。

袋小路も言葉に詰まる。

殺されるはずだった瀬々が生きていて、探偵遊戯の関係者を殺して回っている。想像すると背筋が寒くなる。元来が残忍な男だ。島から出ることも難しい。どうしてシナリオを知ったのかは不明だが、己を殺そうとした者たちへの復讐《ふくしゅう》に走っているとしたら……。

「袋小路さん、大丈夫ですか」

田中は心配そうに言った。

瀬々がどこに潜んでいるか分からない。館内に戻るのが躊躇われる。

「大丈夫じゃなくても仕事だからな」

袋小路は監視モニターの分割映像を見た。館の外に設置されているカメラは第一から第三の殺人を起こす場所のみ。館を囲む森に潜伏されたら、お手上げだ。

「瀬々の犯行と決まったわけでもありませんからね」

田中が言い添える。

そうだ。瀬々と決め打ちするのも危険だ。茶近が殺されている以上、他のキャストが狙われてもおかしくない。推理が外れていたら寝首をかかれることになる。

まさか探偵遊戯で自分の命が危険に晒されるとは思ってもみなかった。

袋小路は生唾を飲み込んだ。

10

「サーロインのポワレに、トリュフのドフィーヌでございます」

釜元によるランチの説明を凛子は上の空で聞いていた。

賓客と館主二人は推理と料理の話に花を咲かせている。

焼死体を見た後で肉料理を食べられるとは、どんな神経をしているのか。

「なあなあ」

耳元で例の不快な声。

見ると、前金がニタァとしている。

「サインって……私の名前ですか」

「サイン書いてくれねえか」

「他に何があんだよ」

そう言って、前金は紙とペンをテーブルに置いた。

「ここに」

紙に目をやって、凛子はぞっとした。

前金が名前を書くよう指定した箇所の上に『前金愛之助』と手書きで記されている。

「ここ……？」

前金が〝探偵〟である可能性を考慮すると無下には断れない。

凛子は言われるがまま名前を書いた。

「どうも」

紙とペンを回収した前金は席に戻り、ニヤニヤしながら凛子の字を見ている。

鳥肌が立つ。

ひょっとして相性占いなんてしてへんやろな……。

とにかく気持ち悪かったが、しばし紙を眺めていた前金は隣の蜜にも紙を回し、サインさせた。

「細かいことは考えずに書いてくれや」

それから前金は順に全員からサインをもらった。

無意味にサインを集めるはずがない。〝探偵〟の捜査なのか、運営のヒントか。

目的を遂げた前金は平然と賓客たちとの会話に戻る。

凛子は食卓の会話に耳を澄まし、〝探偵〟の尻尾《しっぽ》を摑もうと一挙一動に目を光らせた。

使用人の釜元と市原は、いざという時のサポート役として紹介を受けている。瀬々と石室、そして茶近は消えた。残っているのは、二人の館主、四人の賓客、使用人の若林。〝探偵〟はこの中にいる。もっと言えば、賓客のうちの誰かである可能性が高いと踏んでいた。どうにかして〝探偵〟だと断定できる確証を得たい。そのためには――。

「いかがですか、皆さん。そろそろ単刀直入に行きません？　現時点で犯人の目星はついていますか」

凛子は賓客たちを挑発した。袋小路のいない今がチャンスだ。

「はっはー、いいですな。ですが、確実な証拠を見つけてからの方が良いのでは？」

一臣が豪快に笑う。

「せっかく名探偵が揃っているんですよ。お互い推理の過程を披露し合うのも面白いんじゃないでしょうか」

言いながら凛子は一同の表情に目を走らせる。

運営側のキャストは、面倒なことを言い出したと苦々しく思っているだろう。

しかし、顔を曇らせる者はいなかった。

この程度で芝居を崩すのは無理か……。

凛子はテーブルの下で拳を握った。

「私は一人思い当たる人物がいますね」

真っ先に口を開いたのは陽だった。

「誰でしょう？」

凛子が促す。

「瀬々さん」

陽の断言に、危うく凛子が表情を崩すところだった。

「瀬々さんですか……被害者が犯人とはいきなり大胆ですね」

凛子は笑って誤魔化した。

「もちろん、まだ証拠はありませんよ。ただ、あの状態では瀬々さんだと判別できないから。言わば、顔のない死体」

「バールストン・ギャンビットだ」

亜蘭が合いの手を入れる。

凛子は意味が分からなかったが、教えを乞うわけにもいかず、聞き流した。

「私は……パスで」

蜜が肩をすくめると、亜蘭も「同じく」と手を挙げ、窺うような目を凛子に向ける。

「とりあえず、あの執事ってことにしておく」

ワイングラスを片手に前金がぶっきらぼうに言った。

「それは、あのハンカチが理由ですか」

すかさず凛子が詰める。

「まあな。あくまで暫定だが」

前金はワインに口をつけ、それ以上答えない意思を示した。

「館主のお二人はいかがですか」

念のため、数々家兄弟にも推理を求める。

一臣は腕組みをし、唸った。

「うむ、私は使用人たちが殺人に手を染めるとは思えんのですよ。いやいや、身内をかばいたいわけではなくですな」

「私も同意します」

次輝が隣で頷いた。

「でも、石室さんは殺される直前まで使用人室にいたんですよ。使用人を疑わないのは論理的でないのでは？」

凛子はあえて追及する。その間も周囲の観察を怠らない。

「使用人室は誰でも入れます。深夜の当直はいつも一人。使用人同士でなくても殺害は可能でしょう」

次輝が落ち着いて自説を述べた。

凛子はもう一押しする。

「要するに、お二人は私たち探偵の中に殺人犯がいると？」

「はっはー、これは失礼しました。そんなつもりはないのです。何しろ、皆様は初めて当館に来られた面識の無い方々。動機が欠片《かけら》もないでしょう。まだ、ろくに推理できているわけではないので、ご容赦を。さて、ワインはもういいですかな」

一臣が酒を勧めたことで、犯人当ては一段落つき、話題が変わった。

ヒントは出ていたのだろうか。

凛子は各々の発言を整理する。

〝探偵〟が正しい推理をしているとは限らない。が、「偽の証拠」に飛びつくこともない。〝探偵〟はその存在を知っているからだ。とはいえ、途中経過の現段階では手の内を明かさず、あえて「偽の情報」に乗っているふりをしているのかもしれない。

凛子が思案に暮れているうちに、賓客たちは三人一組に分かれ、話し込んでいた。

数々家兄弟と陽は館の出入口や構造について話している。亜蘭、前金、蜜は茶近と石室が男女の関係になったのではと盛り上がっていた。よく見る組み合わせだ。

耳の奥でパズルのハマる音がした。

〝探偵〟は意中の女性を同伴している。そう袋小路は言っていた。

誰が〝探偵〟か。その直接的な手がかりは摑めない。しかし、〝探偵〟が同伴した

女性となれば、陽と蜜の二人に絞られる。そこから〝探偵〟に繋げられないだろうか。〝探偵〟は「偽の証拠」を袋小路に用意させている。その意味は何か。同伴女性が謎を解いてしまうのを恐れているのだとしたら……。

積極的に捜査し、推理も展開する陽。傍観を続け、ミステリーに詳しくない様を晒す蜜。

一見、陽の方が洞察力に優れていそうだが、蜜も本心や考えを隠しているだけかもしれない。印象だけで決めるのは危険だ。

凛子は陽と蜜を交互に見た。

逆から考える。キャストはどっちだ？

今回、〝探偵〟にロマンスを提供するヒロイン役は存在しないだろう。意中の女性を連れて来ておきながら別の女とも楽しむつもりだとしたら頭がおかしい。となると、配置されているキャストはヒント役ということになる。その場合、情報を引き出したり、話題を進めたりと探偵遊戯に貢献しているのは、圧倒的に陽だ。

「ほんで……」

〝探偵〟は探偵遊戯中も同伴女性と積極的に接しているはず。これまでの様子を見る限り、蜜と積極的に関わっている男は亜蘭と前金だ。前金は凛子にも絡んでいるのだが、この二人は事件と無関係の話も蜜とよくしている。対して陽が男性陣と交わしている会話は捜査や推理に関わるものばかり。それ以外は数々家兄弟と当たり障りのな

い話をしている程度だ。

……やっぱり、キャストは陽か。

確信が強まる。

眼前では、陽と数々家兄弟が談笑している。

そのどちらも〝探偵〟とは考えにくい。次輝はホスト役であり、推理からも逃げている。そして何より――。

兄の一臣は、次の〝被害者〟だ。

第四幕

Death on the Nile

1

〝探偵〟らが推理ランチに興じている頃、袋小路は森を捜索していた。

食堂に足止めしておける時間は限られている。キャスト以外を地上に出したくないが、背に腹は代えられず、裏方スタッフを総動員した。できるだけカモフラージュになるよう『グリム』の使用人服まで引っ張り出して着せたものの全員分には足りず、違和感丸出しの者もいる。監視カメラに映るリスクのある船着き場周辺は、袋小路が見て回った。

〈西の森から。くまなく探しましたが、人影は見つからず〉

捜索隊の一団から無線が入った。

同様の連絡が次々寄せられている。

「袋小路、了解」

瀬々が潜伏している確証があるわけではない。存在するか不明な人間の捜索は士気が上がりにくい。一方で、いつ襲われるか分からない恐怖もつきまとう。短時間の捜索でもスタッフたちの声には疲れが滲んでいた。

袋小路の執事服もすっかりヨレヨレになっている。肌寒い気温だというのに、汗が止まらない。

〈南の森です。人の痕跡がありました。繰り返します――〉

新たな報せに袋小路は飛びついた。

「聞いてる！　状況は？」

〈木が数本切り倒されていて――〉

ああ、それか……。

出嶋班の置き土産《みやげ》だ。

興奮した分、落胆も大きかった。

「出嶋班が『グリム』で切ったものだ」

〈はい。それは知っているのですが、切り株の周りにペットボトルが落ちています〉

無線が沈黙する。

「……それも出嶋班のモノじゃないのか」

〈私は『グリム』にも入っていましたが、こんなゴミは出していないかと〉

慢性的な人手不足により、出嶋班の『グリム童話大量殺人事件』に参加していたスタッフの多くが、引き続き『バスカヴィル館の殺人』にも入っている。

「間違いないか」

出嶋班のゴミでなければ、『グリム』から『バスカヴィル』に舞台が変わってから捨てられたことになる。

〈断言はできませんが……〉

「誰か、分かる奴はいないか」

〈美術部に確認させる〉

司令室の雅が動いた。

続けて、イヤホンからガサゴソ音がした。

〈田中です。その場所でペットボトルは使用していませんし、ゴミも残っていないはずです〉

田中は『グリム』に制作部の手伝いとして入っていた。

〈麻生さん、そうだよね？〉

田中の呼びかけから、ややあって別の森を捜索中のメグが応答する。

〈はい。切り倒した木の撤去は無理でも、ゴミや忘れ物は無いようにと出嶋チーフから指示が出ていました。私も立ち会っています〉

では、瀬々が潜伏中に飲み捨てたのか。

「了解。すまないが、全チームで南の森をもう一度捜索してくれ。瀬々が隠れているかもしれないから重々注意しろ。もうじき昼食が終わる。十五分だ。各隊手分けして十五分捜索を続行。以上」

無線で命じた袋小路は先に館へ戻った。食堂へ出向く前に汚れた服を替えなければならない。

勝手口から使用人室に入り、廊下に出ようとして足が止まった。

はっきりさせておかなくては……。

瀬々を巡っては、いくつも謎が残っている。本当に生きているのか。茶近と石室を刺したのは瀬々なのか。目的は何か。どうして第一の殺人を回避できたのか。そして――瀬々と入れ替わった死体は何者なのか。

〝探偵〟を含めた館内の人間、地下の裏方スタッフ、全員所在がはっきりしている。未知の人物が島の外から侵入したとは考えられない。つまり、あの死体は「誰でもない」のだ。

しかし、袋小路は一人だけ該当する人物に心当たりがあった。

勘違いなら、それでいい。嫌味の一つを言われるだけだ。

袋小路は踵を返し、螺旋階段で地下二階に下りた。早足で詰所エリアに向かう。

裏方スタッフが一人も欠けていないことは判明している。だが、バックヤードには予定外の人物が一人増えていた。居残りを告げられた時は憮然としたが、それ以来あの男は司令室に来ていない。

袋小路は詰所の一室をノックした。

気が滅入る。できれば、顔も見たくない。生存が確認できたとしても複雑な心境だ。

返事がないので、再度ノックする。

ほぼ無人の詰所エリアは静かだった。

すると、ドアの向こうで乱雑な音がし、勢いよくドアが開かれた。

「うるさいな」

寝起き丸出しのルルーが顔を出した。

違った……。

絶句する袋小路をルルーが半開きの目で睨みつける。

「なんだよ！」

「す、すみません……ずっと姿が見えなかったもので」

「だから？」

「……いえ」

誰も頼んでいないのに、お前が残ると言い出したんだろうが！

推理が外れた落胆より傲慢ライターへの怒りが勝る。

ルルーは寝ぼけ顔で嘲笑する。

「困り事？　そう簡単に頼られてもねえ」

「いえ。困っているわけではないのですが……」

困っても、お前には相談しない。

「やっぱ、あの新人が使えないんだろ。まあ、悪かったね、面倒見るって言ったのに。ちょっとアイデアが降ってきちゃってさ。あ、探偵遊戯じゃないよ。本業の方ね」

小説のことを言っているのだろうが、ルルーには出版オファーなど来ていないことを知っている。

「徹夜で書いちゃってさ……やっと、さっき横になったところだったのに……あんた、そんなに私の直木《なおき》賞受賞を邪魔したいの？」

自慢しているうちに、いつの間にか怒り出した。ルルーの情緒不安定さは自信の無さから来ているということも袋小路は見抜いている。

「お休みのところ失礼しました」

袋小路は頭を下げた。

さすがに、これでギャラは要求してこないだろうな。そう思っていると、詰所の奥から数人の足音が聞こえた。

帰館した捜索隊の一部だった。スタッフ数人の中にメグの姿もあった。皆、疲労で俯きがちだ。そこに捜索隊のリーダーから時間切れ撤退の報が無線で届いた。

「お疲れ様」

袋小路が声を掛けると、スタッフたちは各々の部屋に戻って行った。

「お疲れ様です」

足場の悪い森を歩き回り、疲労困憊らしいメグの声は不機嫌だった。

「あー、ちょいちょい」

そんなメグにルルーが声を掛ける。

「はい？」

メグは横目でルルーを見た。顔に億劫《おっくう》だと書いてある。

「夜のケータリングもらってないけど、どうなってんの？」

「……スタッフの分しかありませんので」

メグはぶっきらぼうに返す。

冷たくあしらわれ、ルルーが戸惑っている。メグの不愛想には手を焼かされている
が、今は喝采を送りたい。しかし、フォローは必要だろう。

「先生、すみません。すぐにお持ちします。メグ、頼めるか」

「はい……」

メグがフラフラと再び歩き始めると、その背中にルルーが怒鳴った。

「早くしろよ！」

メグはピタリと足を止め、無言で振り返った。ルルーを一瞥しただけで、また歩き
出す。

「……なんだよ、あいつ」

ルルーは完全に目が覚めたようだ。

「部下の教育がなってないんじゃないの？」

「はあ……」

袋小路は恐縮したふりをして、去って行く小さな背中を見つめた。

いよいよ辞めると言い出しそうで不安になる。

「では、私もこれで」

一礼して立ち去ると背後でバタンとドアを強く閉める音がした。

ライターがいなければ探偵遊戯は成立しない。しかし、この人手不足では、制作部のスタッフが欠けても現場が回らなくなる。田中が育とうとしている今、ルルーよりもメグの方が貴重かもしれない。ルルーの存在がますます疎ましく感じられ、訪ねたことを深く後悔した。

食堂に出向くと〝探偵〟たちが推理を披露し合っていた。

着替えを済ませた袋小路は食堂の前で、そのやりとりに聞き耳を立て、ほくそ笑んだ。

実は——すでに最低限の手がかりは揃っている。

現時点でも〝真犯人〟と〝犯人〟を当てることが可能だ。

しかし、〝探偵〟は〝真犯人〟の存在はおろか、凛子の犯行すら疑っていない。

袋小路はしてやったりの気分になったが、諸手《もろて》を挙げては喜べなかった。もはや凛子犯人説は真相とは言えなくなっている。凛子の、そして運営の手を離れて、連続殺人が暴走しているからだ。それでも〝探偵〟には凛子を犯人として結論付けてもらう必要がある。〝探偵〟に気持ちよく帰ってもらうには、独力で謎を解いたというカタルシスを与えないといけない。

「そういえば、まだ凛子さんの推理を聞いていない。自分だけ言わないのはマナー違反でしょ」

陽が凜子に推理を促した。ここまでの流れを把握していないが、凜子が一同の推理を尋ねたのだろう。

袋小路は食堂に入るタイミングを窺う。

凜子にはハンカチを重要視するよう伝えてある。場の話題を袋小路のアリバイ崩しに集中させるためだ。まだ入らない方が凜子も指摘しやすいだろう。

「袋小路さんのハンカチが殺人現場にあったのは、やはり気になりますよね」

凜子は予定どおり「偽の証拠」を持ち出した。

「でも、茶近さんが偶然、拾ったのかもしれない。どっちみち証明は難しいですよね。それより目撃者はいないんでしょうか」

「目撃者……だと？」

賓客たちより先に袋小路が呟いた。

そんな台詞、シナリオに無い。

「昨夜、船着き場から館に戻った後、茶近さんを見た方はいらっしゃいますか」

「応接間には来なかったな」

凜子の問いに前金が答える。

袋小路は硬直していた。会話の方向が読めない。

凜子は喋り続ける。

「石室さん殺害の現場に居合わせた人はいないと思いますが――瀬々さんの方はいか

がでしょう。どなたか夕食前に瀬々さんを見かけていませんか」

「僕らは館の外に出ていないからね」

「使用人の皆さんは？」

待て——。

再び汗が噴き出す。

〝探偵〟が市原に行きついたらどうする。市原は船着き場付近で犯行直後の凛子を見かけたことになっている。尋問されたら、そのことを証言しなければならない。

それは〝探偵〟が真相に行きつかず、推理が足踏みした場合の最終手段だ。第三の殺人を前に凛子が疑われたら、行動を監視されて犯行が不可能になる。「三大ミステリー作家」と関連付けている以上、クイーンとカーで殺人を終わらせたくない。シナリオが台無しだ。

「皆様！　昼食はお済みでしょうか！」

袋小路は慌てて食堂に飛び込み、話を遮った。

第三の殺人さえ起きれば、市原の証言に頼らなくても〝犯人〟が凛子だと推理しやすくなる。さらに〝真犯人〟のヒントも出揃うのだ。

どう血迷ったか知らないが、退職金を奪わせてなるものか。

袋小路は凛子とアイコンタクトを取ろうとしたが、当の凛子は知らんぷりで賓客たちを眺めている。

「ええ。ランチも美味しかったです。皆さんの推理も面白くて」

蜜が満足そうに笑った。

「まだ手がかりが不足しているので、どれも決め手に欠けますけどね」

すまし顔で情報不足だと言う陽に、凛子が付け足した。

「ですから、物証だけでなく、使用人の皆さんのお話も聞いてみたいです」

こいつ、まだ言うか！

凛子の意図は読めないが、危険な兆候だ。

〝探偵〟が自発的に聞き込みを行い、市原の証言に辿り着くならまだいい。だが、この流れで市原が喋ったら、〝犯人〟自らが墓穴を掘った格好になる。

無様な結果になるぐらいなら、ここで凛子を殺した方がマシだ。その際の保険も用意してある。

袋小路は壁際に立っている釜元を見た。

釜元もアイコンタクトを返す。

〝犯人〟や〝被害者〟が暴走し、シナリオを破綻させるリスクが増大したときは釜元が排除することになっている。凛子を殺すパターンも共有済みだ。

いざとなれば、袋小路が一方的に凛子を疑う。それをきっかけに釜元がエプロンの裏に隠したナイフで凛子を刺す。釜元は石室と恋仲だったという設定だ。

「一臣様、この後のことですが……」

袋小路は一臣に打ち合わせ済みの段取りを振った。

「ああ、そうだったね。皆さん、恐縮ですが、午後は館内の清掃を行いますので、二階の客室でお寛ぎいただければと思っております」

瀬々捜索のためだ。

館の周りを探しても発見できなかったので、捜索を館内にも広げる。

「ご希望がございましたら、お部屋まで飲み物をお持ちしますので、お声がけくださ い」

袋小路は言いながら凛子を睨んだ。

これ以上、暴走するようなら――。

「じゃあ、夕食までに各自もっと推理を煮詰めておきましょう」

「次の殺人が起こるかもしれねえのに？」

「心配ないって。前金さんを襲う人なんていないよ」

「私の部屋に紅茶をお願いできます？」

賓客たちが席を立つと、凛子も諦めたのか、黙って追随した。

袋小路は胸を撫でおろした。

しかし、それも束の間、別の緊張に苛まれた。

今、ここには〝探偵〟とキャストが全員揃っている。茶近殺しが瀬々の犯行でなければ、この中の誰かが窓から忍び出て、茶近を殺したことになる。

「キャストねえ……」

司令室に戻り、田中にその推理を伝えると、渋い顔をされた。

「おかしいか？」

袋小路は少しイラっとしながらも田中の見解を求めた。

「あり得る話ですけど、キャストは……」

「例外なく調べるべきだな」

偉そうに発したのは、雅の隣で椅子にもたれているルルーだ。

「例外なく……と言いますと？」

袋小路は田中との相談を脇に置き、ルルーに訊いた。

「キャストも〝探偵〟も容疑者でしょうよ。違う？」

「容疑者……」

「瀬々を探すついでに、キャストと〝探偵〟の裏も調べればいい。だよね？」

ルルーが司令席に振り向くと、雅は「そうね……」とだけ答えた。

「だってさ」

ルルーは軍師気取りで袋小路を見る。

あのまま詰所にいれば良かったのに……藪蛇《やぶへび》をつついたことを袋小路は心底後悔した。

「先生……瀬々の件を？」

雅から聞いたのだろうが、口出しは勘弁してほしかった。

「そっちの先生がアクシデントに対応できていないみたいだからさ。先輩ライターとして一肌脱ぎますよん」

ルルーに罵倒された田中は、しょんぼりするだけで黙っている。

「……小説の方はいいんですか」

「あんたに邪魔されたせいで調子が狂っちゃったよ。東京に戻ったら責任取ってもらうからな」

「責任と言われましても……」

お前は寝ていただけじゃないか。

「で、館内を探すって、どこか当てはあるわけ？」

「ありませんが、一通り……」

「すでに、さんざん館内を歩き回ってんのに、誰も瀬々を見ていないんだよ？」

「はあ……」

「残ってるのは、〝探偵〟やキャストの部屋だ」

「……誰かが瀬々を匿《かくま》っていると？」

「それは蓋を開けてみないと分からないよ」

蓋を開けるのが大変なんだよ、アホ。

「キャストはともかく〝探偵〟の部屋に入るのは……」

「入らなくていいんだよ。覗き見れば」

「え？」

「キャストだって、ドアをノックしたら開ける前に対処するだろお。本人に気づかれず、部屋の様子を見ないと探す意味ないでしょうよ」

「覗くというと、もしかして……」

「ダクトだよ」

ルルーは当然と言わんばかりに両手で天井を指した。

「それは、その……」

覗きだなんて……女性もいるというのに……。

「他に方法はある？」

雅がルルーの提案に乗った。最凶のコンビだ。

袋小路は目で田中に助けを求めたが、田中は申し訳なさそうな顔をするだけだった。

「だったら仕方ないでしょ。緊急事態だもの」

決定権者である雅の一言で議論は終わる。

袋小路は小さく息を吐いた。

最後の現場は適度に手を抜いて、楽に終わらせるつもりだった。仕事への矜持を捨て、クオリティーへのこだわりも放棄した。なのに、まさか僅かに残ったプライドまで奪われるとは……。

しかし、例え不満でも誰かがやらなければいけない仕事なのだ。

「……メグ」

「はい？」

唐突に名を呼ばれ、メグが固まる。

「一緒に来てくれ。東棟を頼む」

「……私もですか？」

メグは露骨に嫌な顔をした。

「俺が女性の部屋を覗くわけにはいかないだろう」

凛子の部屋にダクトから訪ねた時も許可を得るまで中を見なかった。捜査目的とはいえ、女性の部屋を盗み見るのは抵抗があった。

「嫌です！　絶対嫌！」

「正直過ぎるよ……」

完全拒否するメグに、さすがの田中も突っ込む。

「メグにしかできない仕事なんだ」

袋小路はメグの目を真っすぐ見つめた。

仕事よりも私生活。出世よりもストレスフリー。若い世代の価値観を少しずつ理解してきたつもりだ。だが、ここは頼むしかない。

「パワハラ……ですか」

「それは……お前が決めてくれ。どうしても嫌なら一人で行ってくる」

「……行きます」

「ありがとう」

うなだれるメグの背後で雅とサツキが密かに笑っている。

袋小路はメグを連れ、二階の倉庫に上がった。

「なんで……私が……」

一度了承したもののメグの愚痴は止まらない。

「先に入れ。最初の分岐を左に折れれば、客室の天井裏に出る」

ダクトの入口となる倉庫は東棟にある。メグの移動距離はそう多くない。

「なんで、私が……」

メグはダクトに頭を突っ込むと、もぞもぞと這い進んだ。

「平気か？」

「……私、頭脳労働専門なのに……」

文句を残してメグはダクトを曲がって行った。

見届けてから袋小路もダクトに入る。

「なんで、俺ばっかり……」

メグが折れた分岐を直進すると西棟の天井裏に出た。途中、埃の塊を吸い込み、大きく咳込んだ。息切れしながら匍匐《ほふく》前進を続ける。

「こんな仕事――もっと早く――やめるんだった」

初めに一臣の部屋から覗く。ダクトの底面に設置された取っ手をスライドさせると、覗き穴が開いた。覗き位置を調整しやすいように同じ機構が等間隔で設置されている。

一臣はソファで腹を出して眠りこけていた。詐欺と窃盗の前科がいくつもついている男は、第三の殺人で〝被害者〟になることなど夢にも思っていないようだ。他に人の気配がしないため、袋小路は次に移動した。

前金はベッドに寝そべってスマホを見ていた。島では携帯電話を使えないようにしてある。目を凝らすと、前金が閲覧しているのは、死体の写真だった。昨夜からの殺人現場を収めた写真をスワイプしながらニヤニヤしている。こちらも瀬々を匿ってはいないようだ。

続いて、亜蘭の部屋に移動し、覗き穴を開ける。亜蘭はワイシャツ姿になり、窓辺の椅子に腰かけていた。何やら独り言が聞こえてくるが、内容は不明瞭だ。

聞き取ろうとして覗き穴に耳をつける。

その刹那、逆の耳で大音量が響いた。驚いて身体をのけぞらせた袋小路は危うくダクトの壁を蹴るところだった。

〈麻生です。袋小路さん！〉

イヤホンからメグの声。早口で捲し立てている様が一大事だと悟らせる。

「袋小路」

天井裏から離れながら袋小路は小声で応答した。

〈凛子が指示書を持って、ドアの前に。ノブを握ったまま固まっています。部屋の外へ出ようか迷っているようです〉

「……間違いなく指示書か？」

〈はい。確認しました……あっ、部屋を出た〉

「くそっ。忙しいときに」

予期せぬ厄介ごとが降ってきた。決定的な証拠になる〝真犯人〟からの指示書。許可のない部屋からの持ち出しは厳禁だ。

「そのまま見張ってくれ」

メグに伝えてから、司令室に呼び掛ける。

「袋小路から司令室」

〈司令室です〉

盤崎が応答した。

「凛子が指示書を持ち出した」

〈廊下のカメラで捉えています……ホールへ向かうようです〉

「監視を続けろ」

〈はい〉

「市原さん、釜元、出られるか」

〈市原です〉

〈はい、釜元〉

「凛子が何か企んでいるかもしれん。今、東棟からホールへ移動している。急行して監視。妙な動きを見せたら無理にでも部屋へ戻せ」

〈強硬突破を仕掛けられたら、どうします？〉

釜元の暗い声が返ってきた。

袋小路は即答した。

「排除だ」

2

凛子は二階の東棟から一階に下り、西棟に上がる階段へ向かった。

西棟には、男性ゲストや館主たちの部屋がある。

消去法の末、すでに〝探偵〟の目星はついていた。

陽や蜜との接し方、館主というポジションを考慮すれば、次輝が〝探偵〟である可能性は極めて低い。茶近が選択肢から外れたことも大きかった。彼が生きていれば、結論に辿り着かなかったかもしれない。結果、候補として最後に残ったのは、亜蘭と前金。そこから絞るのは容易だった。

前金は初めから〝探偵〟らしくないと感じていた。野蛮で変質的過ぎる。意中の女性を同伴している男が取る行動ではない。主観を基にした仮説に過ぎないが、実際、陽も蜜も前金に対して、嫌悪感を隠せていない瞬間が度々あった。

そんな女性二人の態度もまた仮説を裏付ける。おそらく同伴女性は蜜と思われるが、陽だったとしても結論は同じだ。同伴女性はともかく、女性キャストまでが〝探偵〟への嫌悪感を露《あら》わにするはずがない。

ダメ押しはランチ推理だ。

前金は「偽の証拠」に乗った。運営に用意させた「偽の証拠」を使って同伴女性にミスリーディングを仕掛けた可能性もあるが、後から間違っていたとなれば、結果的に己の評価を下げかねない。ただでさえ、茶近の死により運営の予期せぬ形で事件は複雑になり、難易度が増している。リスクを取ってまでミスリーディングを行う理由は無いはずだ。

さらに、亜蘭の反応も凛子に確信を与えた。口では推理を保留しておきながら、その視線は凛子に据えられていた。批判でも迷惑を訴える目でもない、まさに人を疑う探偵の目だった。ずっと推理をリードしてきた様子と重ね合わせれば、誰が〝探偵〟かは明白だ。

凛子は西棟への階段を勢いに任せて駆け上がる。

「どちらへ？」

身体中が粟立《あわだ》った。

振り返ると、市原が階段の下から冷淡な視線を向けていた。

「……あ、亜蘭さんに呼ばれたので、伺うところです。急いでいますので失礼」

咄嗟に嘘をつき、階段を速足で上がる。

市原は使用人としての立ち位置を守っていたが、その目は凛子を責めている。

指示書を持ち出したと気づかれたのか？

どうして？　部屋に監視カメラは付いていないと聞いている。

騙《だま》された……？

本当は監視カメラが設置されていて、部屋での行動が筒抜けだったのか。しかし、これまでの探偵遊戯で監視カメラの有無を偽られたことはない。一度でも嘘をつかれたらキャストは疑心暗鬼になり、運営の言うとおりに動かなくなる。

「……まさか」

さらに強い悪寒が襲ってきた。

運営が唯一嘘をつく相手は――〝被害者〟だ。

「西棟の立ち入りは男性のみとなっております」

下で市原が語気を強めた。

「お戻りください！」

恐怖で吐きそうになる。今にも背中にナイフが突き立てられる気がした。

凛子は聞こえなかったふりをして二階に上がった。たしか亜蘭の部屋は客室エリアの一番奥だ。歩く足がどんどん速くなっていく。

背後でドアの開く音がした。誰か廊下に出たのだろう。気になったが、振り返っている余裕はなかった。

3

袋小路はダクトを這っていた。東棟まで戻っている時間が惜しいため西棟の倉庫から出ることにした。汗が目に入り、ずっと染みている。這う度、肘と膝に激痛が走る。

やっとの思いで倉庫に着いた。しかし……。

「あっ……」

西棟の倉庫は空っぽだった。ダクトから下りる足場が全くない。

「誰だ！　こんないい加減な仕事をした奴は！」

俺か——。

よもやダクトを這い回るとは思っていなかった。いや、考えないようにしていた。だから保管する物がない西棟の倉庫にまでは足場用の荷物を搬入するようスタッフに指示していなかった。

止《や》むを得ず、天井付近に空いたダクトから飛び降りることにする。

……高い。

鍛えてもいない中年の身体は無傷で済まないだろう。

「どうにでもなれ！」

袋小路は後ろ向きになり、肘で体重を支えながら足をダクトから出した。壁から下半身だけがぶら下がった状態で宙ぶらりんになる。

〈市原から袋小路さん〉

最悪のタイミングで無線が入った。

「……袋……小路だ！」

〈凛子が二階に上がりました。制止を聞きません〉

凛子が向かっていたのは二階の西棟。今まさに袋小路がぶら下がっているフロアだ。

「力ずくで……止めろ」

〈できません。〝探偵〟が廊下に出ています〉

「なにぃ？」

〝探偵〟の前で使用人が殺人を犯すのはまずい。しかし、このままでは凛子がシナリオを破綻させる。

「……市原さんは〝探偵〟の気を引いてくれ……凛子のことは釜元、頼む……」

腕の筋肉が悲鳴を上げ、袋小路は落下した。

4

凛子は亜蘭の部屋に到達した。

百パーセント、亜蘭が〝探偵〟だとは言い切れない。状況証拠にも満たない推測の積み重ねに過ぎず、多分に主観も含まれる。だが、今を逃せば、もう〝探偵〟に指示書を見せる機会を失う。運営にも企みを知られたようだ。もはや〝真犯人〟を共に暴く相棒として〝探偵〟を味方につけ、フィナーレを迎えるのが唯一の生き残る道……。

自分の推理を信じろ。

言い聞かせて、ドアをノックした。

一瞬の静寂が永遠に感じられた。

「はい？」

亜蘭の返事が神の声に聞こえた。

「あけち……」

名乗ろうとした口を乱暴に塞がれた。

強い衝撃。首の激痛。揺れる視界。全ては一瞬だった。

身体が動かない。息もできない。

固く瞑った瞼をゆっくり開く。

目の前数センチの距離に袋小路の顔があった。口を手で塞がれ、壁に押さえつけられている。目だけで左右を見渡すと、廊下の陰に引きずり込まれていた。袋小路の背後では、釜元が殺意の籠った眼光を向けている。

「ん？　ん？　気のせいか？」

戸惑う亜蘭の声に続き、ドアの閉まる音がした。

終わった……。身体の力が抜けた。

「いつでも殺す」と目で脅す釜元と、なぜか、また埃だらけの袋小路に拘束され、倉庫に連れ込まれた。

「何のつもりだ？」

ドアを閉めるなり、袋小路が詰め寄った。

「……」

言葉が出ない凛子に、袋小路が顔を近づける。

「指示書をどうする気だった？」

やはり運営は部屋の中も監視していた。凛子は改めてぞっとする。

「亜蘭に見せるつもりだったのか」

「……いえ。〝探偵〟が私を疑っていたので、晴らしておこうと……亜蘭が〝探偵〟なんですよね」

「お前が知る必要はない」

「指示書は……いつでも確認できるように……段取りを覚えているか不安で」

「リハーサルはスムーズだったじゃないか」

　袋小路は全く信じていない。

　言い逃れは無理だ。殺される。

　沸き上がったのは恐怖ではなく、怒りだった。

「……こんなにシナリオが狂ったら、誰だって不安にもなるわ！　それでなくても人殺しなんてやらされてんのに！」

「落ち着け……声が大きい」

「落ち着けるわけないやろ！　茶近と石室を刺したのは瀬々ですよね？　次は私かもしれん！　運営はどう考えてはるんですか？　キャストを守る気あるんですか！」

　言葉と共に涙が溢れてきた。

「な、泣くなよ。お前は予定どおり仕事をこなせばいい。瀬々の件は……その……まあ、たしかに、あの焼死体は瀬々ではなかったようだが……とにかく！　もし、破綻させるような行動を取るなら、瀬々でなく、我々がお前を処分する。それは承知の上だろ」

「……せやけど」

　そんなこと言って、最後に私のことも殺すシナリオなんやろ。

　喉まで出かかった罵倒を寸前で留める。それを告げたら、この場で消されるだろう。

「……なんで嘘をついたんですか」

「嘘？」

「客室に監視カメラは仕掛けないって言わはったのに」

「嘘じゃない」

「だったら……！」

また言いかけてやめる。指示書の持ち出しをぶり返したくない。抗議の視線を投げつけるのがやっとだ。

袋小路も怒りを露わにしている。二人は互いに不信の目で睨み合った。

「市原さん、西棟の倉庫まで来てくれ」

袋小路は無線で呼びかけてから、凛子に言った。

「……一臣殺しまで待機していろ。市原さんを見張りに付ける。おかしな真似をするなよ」

凛子は沈黙で了承を示す。

どっちみち、もう打つ手は残っていない。

薄暗い倉庫の隅で途方に暮れていると、頭上でガタゴト音がした。見上げて、ぎょっとする。ダクトから小柄な人間が這い出してきた。釜元に支えられて床に下り、袋小路の背後に立った。

よく見ると、女性だ。ショートカットで男物の執事服を着ている。少年に見間違え

そうだが、れっきとした大人の女性だった。美形なのに、今は頭から脚に至るまで埃まみれで真っ黒になっている。

思い出した。リハーサルに同行していたアシスタントだ。

ちらりとアシスタントを見た袋小路はその姿に驚いている。アシスタントは汚れた顔で袋小路を恨みがましく睨んだ。

袋小路は気まずそうに再び凛子に視線を戻した。

「監視カメラは設置していない。お前の動向は直《じか》に視認されたんだ」

「……覗いてたってこと？」

「わ、私じゃないぞ！」

袋小路が両手をひらひらさせて、弁解しようとする。

凛子はピンと来て、アシスタントの女性に険しい顔を向けた。

アシスタントも不機嫌そうに凛子を見つめ返す。口を開こうとして、咳込んだ。

「……最悪」

女二人の声が揃った。

5

袋小路は使用人室の椅子に倒れ込んだ。

メグにはシャワーを許可し、詰所へ直行させたが、自分は地下へ下りる前に一息つきたかった。衣服に付いた大量の埃を払う気にもなれないほど消耗していた。

「お疲れ様でした」

椅子にもたれて天井を仰いでいる袋小路の前に釜元がコップを置いた。

「ありがとう……ん、緑茶か」

「ええ。市原さんが持ってきてくれて。湯呑《ゆのみ》が無くて恐縮ですが」

「いやいや。ありがたいよ。海外に来ると、どうしても洋食になるから。緑茶だけでもほっとする」

「……茶近の件を除いても、なんだか今回の現場は落ち着かないですね」

「全くだ」

スパイまがいの監査。雅の情緒不安定。若手同士の確執。ルルーの居残り。技術部の揉《も》め事。バックヤードのゴタゴタは現場全体の乱れに繋がっている。

数少ない気の置けない同僚の釜元に袋小路は早口で愚痴った。

「監査ですか……」

聞いた途端、釜元も呆れ顔になる。

「せめてスタッフは結束しないといけないのに、今の若手は何を考えているか分からん」

「キャストでは若林がそうです。言われたことしかやらない。気の利いたアドリブを

しろとまでは言いませんが、〝探偵〟に粗相をやらかしそうでヒヤヒヤです」

「お互い苦労するな」

「……俺たちの方が合わせるしかないんでしょうね」

二人してお茶を飲み、溜息をついた。

退職のことを釜元に明かそうか迷ったが、やめておく。

「じゃ、行ってくるよ。愚痴を言って悪かったな」

「とんでもない。俺も厨房へ戻ります」

袋小路は疲れた身体を引きずるように司令室へ下りた。

「どこ行ってたの！」

入るなり、雅の罵声が飛んできた。すっかり傲慢な物言いが復活している。

「さっさと報告して！」

「……凛子には見張りを付けています」

袋小路は雅に見向きもせず、椅子に座った。驚くほど疲労の回復が遅い。

「瀬々のことを訊いているの」

「まだ……ですね」

「事態が悪化したら、分かっているんでしょうね」

「ええ」

雅の脅しに反応するのも億劫だった。破綻回避に走り回っている部下に対して「何

とかしろ」を連呼するだけの上司。口をきく労力も惜しい。

「詰所にいるわ。動きがあったら、すぐ知らせて」

目の前の危機より本部との折衝を優先しているのだろう。雅はさっさと司令室を出て行った。うなだれる袋小路にサツキがペコリと頭を下げ、上司を追う。

「映像来ています」

盤崎が振り返った。

モニターを見ると、分割画面が二つ増えている。両サイドの森から館全体を撮った映像だ。窓からの出入りを監視するため技術部に命じて新たに設置させた。森に出向いた号木がカメラの調整を終えたようだ。

「初めから、こうしておけば良かったんだよ」

デスクに積まれた菓子パンの山越しにルルーが野次った。

袋小路は聞こえないふりをする。

当初、屋外の映像は殺人現場となる三か所のみ。シナリオ上、それで充分だった。シナリオにない殺人が起き、実行犯が館の窓から出入りした可能性が浮上するなど、想定できるはずがない。

「これで窓から出入りしている奴が映れば、茶近殺しは解決だ」

ルルーが監視カメラの新設を自分の発案であるかのように胸を張った。

袋小路はまた聞き流す。

森からの撮影を提案したのは田中だ。ルルーが雅に提案したのは各個室への監視カメラの設置だった。ダクトの覗き穴にカメラを付け、キャストだけでなく、〝探偵〟の部屋も監視するよう進言したのだ。

さすがの雅も〝探偵〟に無断で監視カメラを向けるのは躊躇った。袋小路も反対した。しかし、ルルーは緊急事態だからと迫った。もしも、監視していたことが〝探偵〟に知られたら日本支部の信用は失墜する。ルルーが責任を取ることはない。袋小路はむしろルルーが〝探偵〟側に密告するのではと疑った。田中のキャリアに傷をつけたいルルーなら考えそうなことだ。

信用問題と緊急事態。その間で板挟みになっている雅に田中が提案したのが、窓の出入りだけ監視するというものだった。雅は即採用。ルルーの悔しそうな顔が小気味良かった。

「でも、瀬々の犯行だとしたら、窓の出入りはないでしょうね」

田中が冷めた口調で言った。

「てめえで出した案だろうよ」

ルルーがムキになる。

「それは……そっちが、あんなこと言うから……」

「それとか、そっちとか、あんなとか、何が言いたいか分かりませんねえ、先生。だいたい、瀬々がやってるとは限らないだろお？」

緊迫している司令室の空気をルルーがさらに悪くする。

「死んだと思われた瀬々が茶近殺しの犯人ねえ……ホントにそうなら、まさに犯人が被害者を装う『バールストン・ギャンビット』だな。なぜに、そんな面倒くさいことしてまで瀬々が茶近を殺すんだよ。仮に、瀬々が茶近を恨んでいたとしても、見つかったら殺されんだぞ。逃げることを優先するだろ、フツー」

「……」

ルルーに捲し立てられ、田中は黙った。

「なんとか言えよ。おたく、期待の新人ライターで、名探偵なんだろ？」

「理由は……死んだと思わせたかったからじゃないですか。袋小路さんが気づかなければ、今でも瀬々が生きているなんて誰も思っていなかったし」

田中は苦渋に満ちた顔で絞り出すように答えた。

「だーかーらぁー！　どうして、そんな面倒くさいことして、茶近を殺すんだよ？　おまけに石室まで刺してるんだろ？　探偵遊戯に狙われてんだぞ。瀬々にとっちゃ殺されずに島を出ることが最重要じゃないの、おん？」

田中は言い返さず額の汗を拭く。

ルルーが勝ち誇った顔を袋小路に向けた。

「こんな低レベルのガキをライターにしていて大丈夫？　ま、こっちはいいけどさ。そのうち破綻を起こすのが目に見えてるよ」

「……田中、具合悪いのか」

尋常じゃない汗をかいている田中を袋小路が気遣った。

「すみません……知恵熱かも」

「体調不良なら――」

「いえ。ちょっとだけ待ってください」

田中は両手で頭を押さえて目を瞑り、小声でぶつぶつ言い始めた。

「……仕方ないか」

独り言を終えた田中は目を開き、椅子から立ち上がった。

「状況を整理します」

「整理なんかしなくていいよ！」

ルルーの野次に田中は反応しなくなっている。目は開いているが、視線はどこにも向けられていない。

「茶近を殺したのが瀬々でないとしたら、犯行は別の人間の手によるものということになりますが……」

「さっきから、そう言ってるだろ！」

「仮に瀬々の仕業だったとしても単独での遂行は難しい」

「だから、瀬々じゃないんだっての！」

「ちょっと待て」

袋小路もルルーの野次を無視した。

「単独では難しい？　ということは、瀬々が館の誰かと組んでいるということか」

「組んでいるというより……瀬々を操っている〝黒幕〟がいるはずです」

「〝黒幕〟だと？」

「陰謀論かよ！」

ルルーがいちいちうるさい。袋小路はルルーに背中を向け、田中と相対した。

「あくまで瀬々が潜伏していればという前提ですが……動きの制限されている瀬々が犯行を遂げるには、誰かの協力が必要です。そして、その際、主導権は瀬々ではなく、誘導している側の人間にある」

「瀬々は駒……？」

「それに……」

田中は辺りを見回してからルルーに近づいた。

「……な、なんだよ」

「ちょっと失礼」

田中はルルーが食べようとしていたケータリングのカステラを取った。

「お、おい！」

「今回の事件《アクシデント》は、多層《レイヤー》構造になっています」

そう言ってから田中はカステラの一切れを皿に置いた。

「〝探偵〟に向けた当初の探偵遊戯を第一層とすれば、それを管理している僕たち運営の視点は第二層と言えます」

田中はカステラの上に、もう一切れカステラを載せる。

「第二層の人間、つまり僕たち運営は第一層を掌握し、コントロールしている。探偵遊戯はこの二層構造で進行していますが、今回、運営にも見えない上位のレイヤー、第三層が現れました」

田中はカステラをもう一切れ載せ、カステラを三階建てにした。

「第三層の人間は、〝探偵〟の動きはもちろん運営の計画をも俯瞰《ふかん》しているはずです」

「〝黒幕〟は第三層の人間だと言いたいのか。運営の動きを掌握していると？」

「はい」

「カステラ返せよ！」

「なぜなら、茶近の死体を焼却炉に残しています。第二の殺人が起きるのに合わせて。偶然と言われたら、それまでですが、意図的だったとしたら……シナリオを知っている人物ということになる」

「カステラ返せって！」

「なるほど。だが、シナリオを知っているという条件なら〝探偵〟と一部を除く全キャストが当てはまる。いや、〝探偵〟だってシナリオを入手すれば該当してしまうぞ。考えたくはないが……」

「そうですね」

「おい！　誰かカステラ持って来い！」

「僕が言いたいのは、上位層の意図を下層の人間が把握するのは難しいということです。通常の探偵遊戯で、〝探偵〟が運営の仕掛けを全て把握するのは不可能です。第二層と第三層の関係も同じ。一点、大きく違うのは、第二層の僕らは第一層に対して積極的に手がかりを残すなどのサービスを行いますが、第三層の〝黒幕〟には下層の人間に対するサービス精神など皆無だということ」

「目的が違うからな。では、我々が〝黒幕〟を突き止めるには、どうすればいい？」

「下層に残された上位層の痕跡を探し出さないといけない。〝黒幕〟が意図せず残した痕跡です」

　クライアントに探偵遊戯を提供している間、何者かによって運営全体が探偵遊戯を仕掛けられていた。しかも、手がかりや楽しませようという意図がまるで無い悪意だけの仕掛けだ。

「痕跡を見つけるには？」

　袋小路の問いかけに田中は毅然《きぜん》と答えた。

「僕も第一層に下ります」

「……キャストとして館内を捜査するということか。だが――」

「若林と入れ替わって使用人になります。彼は〝探偵〟とほとんど接触していません

し、もし気づかれたら、ずっと倉庫仕事をしていたことにすれば」

「……時間は少ないぞ」

「はい」

「おいおい！　ライターがキャストになってどうすんだ。冷静に俯瞰するのが仕事だろ」

ルルーに冷やかされた田中は珍しく目を尖らせた。

「これ以上、誰にもシナリオを汚させない」

言い返されたルルーは閉口して肩をすくめる。

「袋小路から若林。至急、司令室まで来てくれ」

袋小路は無線で若林を司令室に呼びつけ、田中に使用人の服を着せた。

田中を連れて、使用人室に上がる。

隠し扉を出る寸前、田中は大きく深呼吸した。

「緊張しますね」

「怖いだろう」

袋小路はニヤリと笑った。

使用人室から勝手口を通り、焼却炉に向かう。茶近と石室の死体はそのままになっている。気温が低いため、最終日まで発見時の状態を維持するつもりだ。

田中は石室と茶近の死体を観察し始めた。

茶近の首に刺さっていたアイスピックは〝探偵〟に引き抜かれた後、死体の横に置かれている。

「監視カメラで見ているのとは、やっぱり全然違いますね」

「そりゃ、そうだ」

袋小路はまたニヤリとする。

ひとしきり調べた田中は茶近のそばに膝をつき、首の刺痕を指さした。

「ここ。傷口が妙だと思いませんか」

「どこがだ？」

茶近の死体は発見時にも〝探偵〟の捜査時にもよく見ている。

「傷口が二重になっています」

「二重……言われてみれば」

茶近の傷口はアイスピックの刃の径より大きかった。傷の付き方も乱雑だ。

「一度刺したアイスピックを抜き、もう一度刺した……」

「おそらく、そうです」

「理由は……恨みか？」

「いえ。滅多刺しというわけではありません。多少のズレはあるものの慎重に同じ箇所を刺しています。二度刺したことを隠す偽装でしょう。これで疑問が一つ解消されました」

「疑問？　初耳だぞ」

「……だって、不確かな事を言ったら、皆を混乱させるし、怒られるし……」

田中は口を尖らせた。

そうだった。こいつは責任やプレッシャーから逃げ続けてきた男だった。

「まあいい。茶近が二度刺されていたとしたら、どうだと言うんだ？」

「僕たちは、石室が刺された後に茶近が殺されたと考えていました。石室と茶近は同じ凶器が使われていて、それが茶近の首に残っていたからです。しかし、茶近が二度刺されたとなると――」

「……殺害の順番が変わる」

「はい。茶近は石室よりも先に殺された可能性が出てきます。瀬々に実行させた場合も含めて、〝黒幕〟の仕業と括れば、〝黒幕〟は茶近を背後から刺し殺した後、死体を焼却炉の前に運んだ。そこで茶近に刺さったアイスピックを一度抜き、焼却炉内で息のあった石室を刺殺。そして、アイスピックをまた茶近の首に戻した」

「茶近が石室より先に殺されたとなると、死亡推定時刻がだいぶ広がるな。死亡時刻の偽装が〝黒幕〟の狙いか」

「それも理由の一つでしょうけど、メインの目的は別にあると思います」

「別の目的？　どんな狙いがあるってんだ？」

「探偵遊戯を破綻させないことです」

「なんだって？」

　袋小路は目を丸くした。

「〝黒幕〟が破綻を回避したがっているというのか？」

「状況を考えると、そうなります。そもそも昏睡していて放っておいても焼死体となる石室を、なぜ刺す必要があったのでしょうか」

「確実に殺すためだろうな。まさか儀式的な意味合いではないだろう」

　殺人の動機を考える際、「儀式的犯行」は便利だ。狂信的な人間の仕業ということにすれば、合理的な理由を省けるので奇抜な殺し方を演出できる。しかし、茶近殺しは探偵遊戯の範疇ではない。殺害の動機は合理的であるはずだ。

「ただ、すでに茶近は殺害済みです。アイスピックを残すなら石室の死体でいいはず」

「うーむ」

「そうしなかったのは、〝黒幕〟が石室の死因を刺殺にしたくなかったからです。凛子は石室を刺殺する段取りで動いていない。刺殺ならば、一緒に紅茶を飲む必要は無いし、使用人室に血痕が残るリスクもある」

「だが、石室の刺し傷は残されていたじゃないか」

「燃え残るとは思っていなかったんじゃないでしょうか。凛子が石室を焼却炉に押し込んだ時、石室は仰向けでした。それが発見時はうつ伏せになっていた。おそらく、石室は腹部を刺された後、焼却炉の中で息絶える前に身を捩《よじ》ったんでしょう」

そうであれば、顔が判別できる状態で見つかったのも頷ける。仰向けのままだったら顔だけでなく、アイスピックの傷痕も焼けて視認できなくなっていただろう。

「シナリオどおり薬で昏睡させられてからの焼死に見せようとしたということか。動機がさっぱり見えんが」

「ホワイダニットについては後ほど。他にも〝黒幕〟がシナリオを意識している証があります。焼却炉の蛍火映像を見る限り、茶近はここで殺されていません。あの短時間で茶近を殺し、石室を刺し、凶器の細工をすることはできない。となると、茶近の死体をわざわざ運ぶという手間をかけたことになる」

「それも破綻を防ぐためだと？」

「どこで茶近を殺害したかは不明ですが、もし、別の場所で茶近の死体が発見されていたら第二の殺人とは別の殺人としてカウントされていたでしょう」

「……怪文との整合性が取れなくなるな」

茶近の死体を発見した直後、死体を残すか隠すかで揉めたのを思い出した。

「うーむ。第三の殺人後に茶近の死体が見つかれば、シナリオは破綻。茶近が行方不明のままでも破綻に近い仕上がりになってしまう。我々も取り繕えなかっただろうな」

「はい。〝黒幕〟は茶近の殺害という異物を投入しながらも、なるべく探偵遊戯のシナリオを崩さないようにしている」

俄《にわ》かに信じがたいが、たしかに、このまま何も起きなければ、茶近の死を包含しつ

つ、シナリオを無事完結できそうだ。

「だが、改めて聞くが、なぜ、そんなことをする？」

「えーと、ホワイダニットについては……分かりません」

田中は目を逸らした。

「ここまで推理しておいて、肝心なところが分からない？」

「……だって、普通やりませんよ。こんなの遊び半分としか思えない」

「お前、それを言っちゃおしまいだろ。遊び半分だとしたら〝探偵〟より性質《たち》が悪い」

言いながら袋小路は言葉にできない不穏さを感じた。

「動機だけじゃありません。茶近が『偽の証拠』を持っていた理由も謎のままだし、茶近が外に出た経緯も定かではない。館内で殺されて外に運ばれたのか、自ら外に出たのか……いかんせん手がかりが少な過ぎます」

「まだ捜査を？」

「念のため、船着き場にも行ってみます」

「私は夕食に立ち会わないといけない」

「一人で平気です」

「気をつけろよ。くれぐれも」

「はい」

田中は裏庭を回って船着き場に向かった。勝手口の前で見送った袋小路は、去って

いく田中の背中を見て一抹の不安を抱いた。

6

夜が更けてきた。

夕食は味が全くしなかった。見張り役の市原は食事中も監視を緩めてくれなかった。食後も部屋に同行され、現在まで居座られている。

「そろそろよ」

市原に急かされ、凛子は三枚目の指示書をポケットにしまった。

結局、殺人から逃れることはできなかった。

諦めを胸に、部屋を出る。

廊下、玄関ホール、人影が無いか気を配りながら進んだ。

玄関の錠を外して外に出ると、離れの書庫に電気が点《つ》いていた。

一臣はすでに来ているようだ。

凛子は誰にも見られてないことを確認し、離れに向かう。

ノックをすると、怪訝そうな顔をした一臣が扉を開けた。

「夜分に失礼します。お話を伺いたくて」

「ほうほう。これは嬉しい来客だ。どうぞ、お入りください」

一臣の案内で凛子は離れに入った。

十畳ほどのワンルームに書棚がいくつも並んでいる。館に比べて造りが荒い。古い建物のはずなのに、所々新しい木材が露出している。

燃やすことが前提だから、手を抜いたな。

凛子は自分でも意外なほど冷静だった。

壁の向こうで微かに足音がしたのも聞き逃さなかった。

市原はここまでつけてきたのか。そんなに信用されていないとは……自分の行いが原因ではあるものの腹が立つ。

「ここには私以外立ち寄りません。次輝がもう少し文学に興味を持ってくれれば暇つぶしも楽になるのですがね」

一臣は凛子に一人掛けソファを勧めた。自らは大机の向こうに回り、肘掛け椅子に座ると、机上の紅茶を一口飲んだ。

「それで、お聞きになりたいというのは？」

「ポアロの本は全てこちらに置いてあると聞きまして。お借りできればと」

「ほう、クリスティがお好きですか」

「ええ。ただ、お借りしたいのは、捜査のためです」

「事件とポアロに関係があると？」

一臣は凛子のことを〝探偵〟だと思っているようで、質問には何でも答えるという

凛子は話を続けながら、壁に飾られている回転式拳銃《リボルバー》をさりげなく注視した。一臣は知らないが、実弾入りだ。引き金を引けば発砲できる。

OK……リハーサルどおりやれば、失敗しない。

凛子は腕時計を見た。今まさに二十二時になろうとしている。

「では、そろそろ戻ります。すみませんが、本をお借りできますか」

「ええ、ええ。喜んで」

凛子に促され、一臣は書棚を探し始めた。無警戒に背中を見せている。

館の鐘が鳴った。

凛子は静かに立ち上がり、壁の拳銃を手に取った。

ボーン、ボーンと鐘が等間隔で鳴っている。鐘のタイミングに合わせて引き金を引けば、発砲音を目立たせずに殺害できる。

凛子は拳銃を一臣の背中に向けた。手元が震える。これまでの殺人とは違う。昏睡させるのではなく、直接人を殺すのだ。

ボーン、ボーン――。

鐘はもうじき鳴り止む。なのに、引き金に掛けた指が動かない。

「引け！　引け！　引け！」

躊躇する自分への叱咤《しった》が声になった。

一臣は補聴器を着けているが、実際は難聴ではない。凛子の声に驚き、振り返った。

「貴様！　何をしている！」

一臣の仮面が瞬時にはがれ、凶暴な顔つきになった。

「殺しに来たのかぁぁ！」

一臣に襲い掛かられ、凛子は咄嗟に引き金を引いた。

ガチン！

撃鉄の落ちる音。聞こえたのはそれだけだった。

「え……」

不発――。

凛子は頭が真っ白になった。

「〝探偵〟じゃねえのかぁ！」

一臣に腕を摑まれた。

再び引き金を引いたが、また弾《たま》が出ない。

その隙に一臣は凛子の腕を押さえ込み、首に手を掛ける。

「俺を殺すだとぉ？　聞いてねえぞぉ！」

意識が薄れる。

なんだ。運営じゃなくて、このオヤジに殺されるのか……。

背後でドアが勢いよく開いた。認識できたのは、そこまでだった。

意識が戻った時には、床にへたり込んでいた。

目の前では袋小路と一臣が揉み合っている。気を失っていたのは一瞬だったようだ。

続いて、もう一人飛び込んできた。使用人の姿をしている男——ライターの田中だ。

袋小路の助太刀《すけだち》をして一臣に摑みかかる。

「早く撃て！」

大柄な一臣を必死で押さえながら袋小路が怒鳴った。

ふと右手に拳銃を握ったままだと気づく。

「……ダメ。二回も撃ったの！　弾が入ってないか、壊れてる！」

「そんなはずはない！　いいから、撃て！」

袋小路は泣き言を許さない。

暴れる一臣にもみくちゃにされた田中は、ジャケットのボタンが飛んでしまっている。

「弾が出るまで撃つんだ！」

田中が顔を歪めて叫ぶ。

凛子は立ち上がり、引き金を引いた。

不発。

「どうして！」

半狂乱になりながら、また引き金を引いた。

パン――。

乾いた発砲音がして、一臣の動きが止まった。恐怖で引きつった顔をゆっくり凛子に向ける。

「……嘘」

凛子は目を疑った。

鐘が鳴り止む。

血を流しているのは田中だった。

7

「……何てことを！」

袋小路が叫ぶと、田中が膝から床に崩れた。

凛子は目を真っ赤にして震えている。

「違う……そんなつもりじゃ……」

茫然と田中を見つめていた袋小路は壁に叩きつけられた。体当たりされたと気づいた時には、一臣が離れを飛び出すところだった。

一臣を追うか、田中を救護するか。判断できず、脳がフリーズする。

「……追ってください」

田中が俯いたまま呟いた。

「見せろ」

袋小路は田中のジャケットを開き、赤く染まったシャツのボタンを外す。腹部に空いた穴から血が溢れ出ていた。

「……追ってください」

「しかし、このままでは……」

「もう無理ですよ……意識を保っているのも辛い」

田中は脂汗をしたたらせながら苦笑した。

「まだ助かるさ！」

「破綻だけはさせないで……使用人がこんなところで死んだら、それこそ破綻だ！」

「だったら、死ぬな！」

「一臣を殺すつもりが……誤って使用人を撃ってしまったことにすれば……」

対策を用意するあたりはライターとして立派だが、その声はどんどん弱まっている。

「バカタレ！　そんなお粗末なオチにできるか！」

「一臣が暴走したら……おしまい……です……僕の……僕のシナリオを……絶対に破綻させないで……」

それきり田中は動かなくなった。

「……」

袋小路はマイクに怒鳴る。

「袋小路から！　市原さんと釜元！　一臣が離れから逃げた！　確保してくれ！」

〈市原、了解です〉

〈釜元、向かいます〉

「凛子！」

袋小路は立ち上がるや否や震える凛子の肩を摑む。

「これは事故だ。お前のせいじゃない」

「でも……私が……」

「残りの段取りをきちんとこなせ。動揺を見せるな。いいな！」

「……はい」

「よし、仕事を続けるぞ」

袋小路は凛子にシナリオの修正点を伝えた。〝探偵〟が早く謎を解き、一臣が生き残るシナリオも用意してある。しかし、そのパターンでは第三の殺人が起きない。田中の遺《のこ》した対案を踏まえて修正する。細かな台詞を与えることはできないので、背景だけ少し変更し、アドリブで対応してもらう。

凛子が修正点を覚えるのを見届けてから動かなくなった田中を一瞥し、離れを出た。

一臣が逃げるとすれば、どこだ？

運営のいる館内は避けるのではないか。

〈いました！　船着き場の方へ逃げています！〉

釜元から無線が入った。

「袋小路、了解。今から向かう」

袋小路は船着き場に走った。

駆けつけた時には釜元が一臣を取り押さえていた。

「話が違うじゃねえか！」

袋小路を見た一臣が情けない声を出す。

「勘違いするな。お前を殺したりなんかしない」

「嘘こけ！　あの女、俺を殺そうとしたぞ！」

袋小路は溜息をついてみせる。ここで一臣をうまく騙さないと破綻してしまう。

「撃たれてないだろ。殺す相手は使用人だ」

「……聞いてない」

「そこだけ伏せていたんだよ。お前は演技が臭いから。これほどパニックになるとは思わなかった」

「……じゃあ……え……んん……そういうことか……んだよ、驚かすなよ！」

一臣の身体から力が抜けた。

「早く戻って、役割を続けろ」

「はいよ。もう驚かすなや」

起き上がった一臣に袋小路は修正点を伝えた。

キャラクターの背景は全て伝えている。予定に反して生き残る展開になったが、多少の修正でリカバーできるはずだ。

先に一臣を帰し、少し待って袋小路も館に向かった。森を抜けると、館の庭園が真っ赤に照らされていた。凛子が離れに火を放ったのだ。本来なら離れと共に焼かれるのは、一臣だった。しかし――。

「くそっ」

袋小路は、ぶつけどころのない怒りを吐き出した。

8

離れの炎上に気づいた館内の人間がぞろぞろと外に出てきた。

炎の勢いが強いため離れの周りで立ち尽くしている。

その様子を凛子は森の茂みから観察していた。

小さな木造家屋は三十分もかからず燃え尽きる。凛子は森を迂回し、火事を眺める賓客たちの背後に何食わぬ顔で近づいた。

傍観する人々の中には一臣や袋小路の姿もあった。袋小路の悲痛な表情はとても演技に見えない。

鎮火する頃には、僅かな焼け残りが散乱している程度で、離れはほぼ消失していた。

「これが、ただの火事とは皆さん思ってないよね」

皆が落ち着きを取り戻したところで亜蘭が口を開いた。

「魔犬、最後の遠吠えってやつだろうな」

前金が軽口を叩く横で陽が腰に手を当てた。

「今度はクリスティよね」

「じゃあ、また誰かが……」

蜜が陽に窺うような目を向ける。

「袋小路、全員揃っているか？」

次輝が袋小路に確認を求めた。

「……若林がいません」

「館内に残っているのでは？」

「市原さん、どうだ？」

袋小路は市原に振る。

市原は力なく首を横に振った。

「使用人室にはいませんでした」

「厨房にも」

釜元が付け足す。

「自室にいたとしても、この騒ぎで出てこないのは妙だ」

袋小路が深刻な表情を浮かべる。

「至急、館内を――」

「調べれば、はっきりすんだろ」

前金が話を遮り、離れの焼け跡に踏み入れた。

亜蘭と陽も後に続く。

「これだろ」

すぐさま前金が見つけた。崩れ落ちた柱の下から足が飛び出ている。

「柱を退けてくれる？」

亜蘭に催促され、袋小路と釜元が柱を持ち上げ、脇に置いた。

「へへっ、これまた魔犬の奴も容赦しねえなあ。使用人か？」

「服も焼けてしまっているし、顔の判別もできないわね」

死体を見分している前金と陽のもとに一臣が近寄った。

「若林です。離れの掃除を命じてありました」

「離れに一人でいたところを殺された……死因は？」

例によって死体を舐めるように見ている前金に陽が訊いた。

「全身黒焦げだからな……おっとこれは？」

前金は死体の左手を持ち上げた。

その拳が握られたままであるのを見て、凛子はひとまずほっとした。

「若林くん、何か握ってるぜ」

前金が死体の拳を開くと、紙片が現れる。火事で燃えてしまわないよう、あらかじめ凛子が水で濡《ぬ》らしておいたものだ。念を入れて、握らせた田中の拳にも一臣の飲み残した紅茶をかけ、さらに湿らせた本を載せて炎から守った。

「ほう」

紙片を開いた前金は目を通してから亜蘭に手渡した。

「……今度は英文だね」

紙片を見るなり、亜蘭が言った。

「訳さなくていいから、そのまま読んで」

陽が亜蘭を促す。

「仰せのままに……まあ、訳す必要もないか。有名なタイトルだから」

「早く読んでよー」

離れたところから蜜が急かした。

亜蘭は、くすっと笑ってから紙片に書かれた文言を披露した。

「Death on the Nile」

「……デス？　有名なの？」

蜜が側の凛子に話しかける。

「アガサ・クリスティの作品名です」

凜子はここぞとばかりに答える。

「ポワロ・シリーズの一編ですよ」次輝が続きを引き取った。「日本では『ナイルに死す』と訳されているのかな」

「ああ、それなら聞いたことがあります」と、蜜が手を叩いた。

「ここには、ポワロとホームズの全巻が揃っておりましたので」

袋小路が書棚の燃え残りを指し示す。

「うん、たしかに。これは本の頁《ページ》をタイトル部分だけ破ったものみたいだ」

亜蘭が紙片の破れ目をひらひらと周囲に見せた。

「ダイイング・メッセージってやつ？」

「いやいや、犯人が握らせたのかもしれねえだろ」

「どちらにしても、これで怪文の予告は全て遂げられたことになるわ」

陽と前金が話していると、次輝が焼け跡の前で声を上げた。

「皆さん、これを！」

足元には凶器の回転式拳銃が落ちている。

凜子が残しておいたものだが、なかなか気づかれなかったので、自分から教えようかと思っていたところだ。

「へえ！　ブリティッシュ・ブルドッグかあ。なかなか年代物だね」

亜蘭が誰の承諾も得ず、勝手に拳銃を拾い上げる。

「お若いのに、よくご存じで」一臣が感心する。「アンティークですな。こちらの壁に飾ってありました」

「それが凶器？」

陽は拳銃から距離を取っている。

「でも銃声は聞いてないけど」

凛子は用意された台詞を口にした。

「鐘だよ」

亜蘭が片手をポケットに突っ込む。

「離れの中で撃っても発砲音は館の中まで届きにくい。さらに、火事が起きる直前まで鐘が鳴っていた。鐘の音に合わせて撃てば、館内のどこにいても聞こえないさ」

「そう……ですね」

凛子は呆気《あっけ》に取られた。身も心もぼろぼろにして成し遂げたトリックがあっさり解き明かされた。

「離れの前に銃が落ちているってことは、自殺でもない」

陽が言うと、前金が「当たり前だろ」と吐き捨てた。

ムッとした陽をよそに亜蘭が続ける。

「被害者を撃ち殺した犯人は建物ごと焼いた。クリスティの影を残してね。謎なのは、

なぜ使用人がここに居ることを犯人が知っていたのか、だけど……」

「おそらく私を狙ったんでしょう」

一臣がそわそわしながら呟いた。

「普段、この時間は私がここに居ます。今日は皆様との夕食で少し遅くなりましたが、いつもどおりの時間に来ていたら私が撃たれていたかもしれない。若林には悪いことをした。彼も早い時間に掃除をしていたら殺されないで済んだろうに」

一臣がやや早口で説明を終えた。ここで与えるべき情報は全て示された。シナリオ変更のリカバリーも順調だ。

緊張が緩んだ途端、顔面蒼白になった田中の顔が思い出された。

足が震え出す。

袋小路が離れを出て行った後で、凛子は田中に駆け寄り、止血しようとした。

田中の腹には、ぽっかり穴が空き、そこから大量に流血していた。

田中は意識朦朧《もうろう》としていたが、凛子が血を止めようと手を伸ばすと、「やめろ」と振り絞るように言った。血がついてしまったら即犯人だとバレると心配していた。そこから田中と二言三言、言葉を交わしたが内容は覚えていない。そして、完全に動かなくなった田中に本の切れ端を握らせ、一心不乱に灯油を撒いた。

人を殺してしまった……その実感が重くのしかかる。

気づくと、凛子は地面に膝をついていた。

袋小路が怒りの形相をしている。目で「立て」と命じている。

分かっている。動揺を周りに悟られてはいけない。しかし、力が入らない。涙がこみあげる。

袋小路が釜元に視線を飛ばした。

釜元はエプロンの裏に手を入れ、ゆっくり凛子に近づいて来る。

立ち上がろうとするが、恐怖でますます身体が硬直する。

殺される……。

観念したその時――。

「犯人を見つけた」

〝探偵〟が高らかに宣言した。

終幕

そして、迷宮入り

1

袋小路は一同を応接間に案内した。

「それじゃ、聞かせてもらえる？」

一人掛けソファに深く腰掛けた亜蘭がお手並み拝見とばかりに腕を組む。

「まどろっこしいのはやめてね」

陽も足を組んで聞く体勢になっている。

「わかってるよ」

謎解き宣言をしたのは前金だった。

「まず、トリックについては、今さら議論の余地はねえよな。クルーザーでも焼却炉でもタイマーを使った単純なトリックで、犯人はアリバイを作っている」

一同が黙って頷く。

「そんでもって、さっきの火事だ。ここで二、三、はっきりさせておきたいことがある。明智のお嬢ちゃん」

前金は長ソファの隅に座っている凛子に近づき、隣にドカッと腰を下ろした。

凛子は前を向いたまま反応しない。心ここにあらずといった様子だ。

袋小路は嫌な予感がした。

前金は凜子に肩を寄せ、横顔を凝視した。

「あんた、離れが燃えた時、どこにいた？」

「……」

凜子は呆《ほう》けている。

離れの前で凜子が座り込んでしまった時には肝が縮んだ。急に泣き崩れるのは不自然な上、動揺のあまり余計なことを口走る恐れがあった。釜元に館内へ連行させようとしたところで前金が謎解きを宣言した。これ幸いに袋小路は「外では冷えるから」と館内で推理を披露するよう勧め、一時散会させた。凜子は釜元と市原に支えられ、館に戻ったが、それから、ずっとこの調子だ。

「聞いてんのか？」

無反応の凜子に前金が顔を顰める。

「明智様は体調が優れないようです」

後ろに待機していた市原が凜子の背中をさする。

「うっ」

凜子がぴくりとし、我に返った。

市原は背中をさする振りをして、背骨を強く押したのだろう。

「外でも辛そうでしたものね」

蜜が心配そうに言った。

「……な、何ですか！」

前金にくっつかれていることに気づいた凜子は身体を仰《の》け反らせた。

「離れに駆けつける前、どこにいたんだ？」

「部屋で休んでいました。少し疲れが溜《た》まってしまって」

前金の尋問にやっと凜子が応じた。

「離れが燃えていると知ったのはいつだ？」

「『火事だ』という声が聞こえて」

凜子は淡々と証言する。離れの火事に〝探偵〟が気づくよう市原が館内で大騒ぎする段取りは凜子にも共有してある。

「よし！　これでオッケー！」

前金が勝ち誇ったように立ち上がり、きょとんとする凜子を見下ろした。

「へへっ、お嬢ちゃん、それは嘘だ」

「どういうことかしら？　まどろっこしいことはしないでと言ったはずよ」

陽が冷めた視線を前金に向ける。

「離れが火事になっていると気づいたタイミングは、皆一緒だろう」

「ええ。私も市原さんの叫び声で気づいたし」

「僕も――」

口を挟もうとする亜蘭を前金が手で制止する。

「野郎はどうでもいいんだよ。問題はお嬢さん方だ。そこの使用人が騒いですぐ東棟の二階から二人が下りてきた」

前金は陽と蜜を順に見る。

「しかし、明智のお嬢ちゃんは下りてこなかった」

「見張っていたと仰るのですか」

次輝が驚いた。

「そうだよ。食堂からな」

「え？」

さすがの亜蘭も口をあんぐり開ける。

「魔犬が悪さをするとしたら、今夜しかねえ。だから、食堂で酒を飲んで待ってたんだよ。すると、火事が起きた。で、俺は廊下に出て、東棟の階段を見張ってたのよ」

「なぜよ？」

「キモいです」

陽と蜜が口々に非難する。

「別に、目当てはあんたらじゃねえ。このお嬢ちゃんだ。しばらく待っても下りてこねえから離れに向かうと……あら、不思議。野次馬に交じって、お嬢ちゃんがいたんだよ」

陽と蜜は前金を睨んでいた目を凛子に向けた。

「おかしいだろう？　お嬢ちゃん、窓から外に出たのかい？」

凛子は黙っている。

「二階の窓から飛び降りたんでもなけりゃ、考えられるのは一つ。お嬢ちゃんは、皆が火事だと気づく前に、こっそり外に出ていた」

「それしかないね」

亜蘭が同意した。

「つまり……明智さんが犯人ってこと？」

蜜が口を押さえた。

「船着き場は整備の瀬々を抜かせば、滅多に人が近寄らない。だが、庭にある離れには気軽に立ち寄れる。得意の時限発火装置を仕掛けても着火する前に発見されてしまうリスクがある。だから、殺してすぐに火を放った。そうなると、館内に戻りにくい。玄関でも勝手口でも中に入ったところを目撃されたら一巻の終わりだ。そうだろ？」

前金に詰められた凛子は眉を寄せた。

「それだけの理由で、私が犯人だと？　ちょっと緩くないですか。部屋にいたというのはたしかに嘘です。本当は船着き場で瀬々さんの死体をもう一度調べていました。抜け駆けしていると責められそうで嘘をついてしまいました。すみません」

「へへっ、いいねえ。そうやってトボけてくれると落とし甲斐《がい》がある」

前金は拳同士をガンガン突きつけた。

「じゃあよ、俺がお嬢ちゃんを見張っていた理由から説明しようかな」

「好みのタイプだなんて言わないでよ」

亜蘭が肩をすくめた。

「俺、女の顔はどうでもいいんだよ。へへっ」

「うげー」

蜜が嫌そうに舌を出す。

「お嬢ちゃんが尻尾を出したのは、使用人の石室が焼却炉で発見された時だ」

「焼却炉？　明智さんに関係するモノなんてあったかしら」

陽が首を傾げる。

「いんや、死体を見に行く前だ」

「……朝食の席ってこと？」

「そう。第二の殺人が起きたと俺たちが知ったのは？」

「執事さんが報せに来た時ね」

「あの時、告げられたのは、茶近の死と使用人の失踪だ」

「ええ。それで？」

「執事は、『使用人が失踪した』としか言ってなかったんだよ、な？」

前金に確認され、袋小路は「そうかもしれません」と曖昧な返事をした。

「なるほど」

亜蘭がニヤリとする。

「なのに、その直後、お嬢ちゃんはこう言った。『使用人の彼女も無事ではないかもしれません』とな」

「行方不明の使用人が女性だと、なぜ知っていたのかってことね」

陽は感心し、凜子の反応を観察した。

凜子は平然と言い返す。

「それは、石室さんの印象が強く残っていたからです。私たちが来館した時、荷物を持ってくれたのが彼女でしたから」

「ほう。言い訳が上手いじゃねえか。だが、行方不明と聞けば、当然その場にいる使用人を確かめるだろう。石室だけじゃなく、若林ってガキもいないことに気づいたはずだ。なのに、石室だと決めつけたってのか」

「……はい。若林さんは印象が薄かったので」

前金は大きく舌打ちした。

「ははは。こうも断言されると前金さんも困っちゃうね。物証を出さないとダメだよ」

亜蘭に笑われ、前金は顔を赤くした。

「証拠ならある！」

「え、ホント？」

亜蘭が目を輝かせた。

「アレを」

前金に合図された袋小路は準備してあった二枚の紙をテーブルに置いた。

「見覚えはあるだろ。一枚は、焼却炉で発見された紙片。もう一枚は、俺が書かせた全員のサインだ。忘れてないよな」

「覚えてるよ。それでそれで？」

亜蘭が身を乗り出す。

「まずは、ここにご注目」

前金は燃え残りの紙片に手書きされた『エルシー・フェンウィックがどこに埋められているか知っている』という一文の『知』の文字を指差した。

「そして、こちら」

続けて、凛子のサインを見せ、『明智凛子』の『智』を指す。

「ふうん、筆跡か」

亜蘭が二つの文字をまじまじと見比べた。

「言われてみれば、『知』の書き方が同じに見えるね」

「へへっ、癖が出やすい字だからな」

「明智さんの字を照合するために全員のサインを？」

「お嬢ちゃんだけに書かせたら疑っているのがバレるだろ。警戒されたくなかったんでな」

違う意味でかなり警戒したけどね、と目で責めている凜子をよそに前金はヒートアップする。

「これで決まりだろう！『黒死荘の殺人』に見立てる、この一文を書いたのは——」

「違います」

前金が言い終わらないうちに凜子があっさり否定した。

何もそこまで拒絶しなくてもいいじゃないか。

凜子はよほど前金が嫌いらしい。

「前金さんは筆跡鑑定のプロですか」

「……違うが、どう見ても同じ筆跡だろ！」

「どう見ても同じ筆跡と思えません」

「同じだ！」

「違います」

「はいはい。もう水掛け論になってるじゃない。警察も専門家もいないんだから証拠には不十分よ」

陽が手を叩いて、二人を止める。

じっと、やり取りを眺めながら袋小路は密かに舌なめずりした。

前金が陰湿に凜子を見張っていたのには驚いたが、残した手がかりは順調に回収されている。ただ、凜子を犯人だと立証する「決定的証拠」は出ていない。決定的証拠

の提示はクライマックスであり、〝探偵〟の満足度を上げる重要なポイントだ。

推理が膠着《こうちゃく》したので、袋小路は起爆剤を投げ入れることにした。

「最初の殺人はいかがでしょうか」

そう言って市原に視線を送る。

アイコンタクトで察した市原が「はい」と手を挙げた。

「実は……昨日の夕食前、船着き場付近で明智様とお会いしたのです。島を散策しているると仰っていましたが、今思えば……」

「また証拠が増えたな」

前金が歯をむき出した。

用意した手がかりはできるだけ開陳する。これもサービスだ。〝探偵〟は総じて伏線回収が好きで、気づかなかった手がかりが多ければ多いほど高評価する傾向にある。

とはいえ、市原の目撃証言も決定的証拠にはならない。まだまだ手がかりは残っている。ここからじっくりと〝犯人〟追及を楽しんでもらう。

「……もう終わりですね。そのとおり。私がやりました」

唐突に凜子が罪を認めた。

「え？」

袋小路の目が点になった。

市原と釜元もぽかんとしている。

自白が早いよ、バカヤロー！

ミステリーの犯人当ては、たいてい犯人の自白で終わる。中には、平常心を失い、探偵に襲い掛かるなど罪の上塗りに出ることもある。現実では、例え、決定的な証拠を突きつけられても、その場で罪を認めることはない。頭の良い犯人なら尚更だ。万事休すとなっても黙秘し、弁護士を呼び、無罪を主張しながら法廷駆け引きに入る。

しかし、ミステリーでは、どんなに天才的な犯人でも探偵に証拠を並べられると、その場で自白してしまう。「そこから十数年にわたる法廷闘争に入った」という結びでは読者が満足しないからだ。探偵遊戯もその点は同じ。決定的証拠が出されるか、ある程度の証拠が揃った段階で、〝犯人〟には自白させる。

しかし――だ。

このタイミングは早すぎる。ここで終わっては、〝探偵〟に物足りなさを感じさせてしまう。

凛子に反抗の意思は見て取れない。おそらくミスだろう。それだけに、不適切なタイミングで自白していることに本人が気づいていない。

袋小路は話に割って入ろうと踏み出した。

……待て。

踏み出した足を元に戻す。

満足度が下がったとして……だから何だと言うのだ。

このまま凛子を犯人だと確定させ、〝真犯人〟の追及に移っても成立はする。破綻の心配もない。クレームも来ないだろう。ならば、放っておく方が合理的ではないか。クオリティーなど、どうでもいいだろう。ならば、放っておく方が合理的ではないか。あくまで欲しいのは退職金なのだから、ここは効率を重視すべきだ。

なのに……どこか引っ掛かる。前に踏み出せと誰かに言われている気がする。袋小路は胸を押さえて、声の出所を探った。

――これ以上、誰にもシナリオを汚させない。

あの野郎……。

袋小路は強く目を瞑った。

声の主は田中だった。離れの床に蹲《うずくま》り、血の気の引いた顔で訴える田中。その眼差しが袋小路の瞼に残っていた。

「明智様！」

気づくと声を荒らげていた。

自分でも驚きながら駆け寄り、絶句している凛子に言った。

「本当に、あなたが当館の使用人を殺したのですか！　もし違うなら、ふざけている場合ではないのですよ！」

2

殺されるかと思った。

凛子は目の前に飛んできた袋小路にすっかり気圧されていた。

「犯人だったなら私は絶対に許しません！　違うなら、ふざけていないで真実を言ってください！」

憤怒の袋小路を見て、凛子は自分が重大なミスを犯したと気づいた。

気丈にふるまってはいたが、田中のことが忘れられず、混乱しっ放しだった。早く重圧から逃れたくて、先走って自白してしまった。

凛子は立ち上がり、前金に振り向いた。

「……なんて、すぐに犯人が白状したら楽でしょうね」

袋小路は小さく息を吐き、下がっていった。

凛子は改めて前金を睨んだ。

混乱させられた要因はもう一つあった。

このキモ男が〝探偵〟だったの……？

信じ難いが、思い当たる節もある。

石室殺しの直前、応接間から前金の馬鹿笑いが聞こえていた。死体の調べ方も不気

味なほど念入りだった。

そうなると、前金への嫌悪感が俄然《がぜん》強まる。

偽の証拠に乗っかり、袋小路を疑って見せたのは、凜子を油断させるためだったのだろう。それはいい。許せないのは、凜子を犯人だと疑っていながら第三の殺人まで放置したことだ。

すぐに犯人だと指摘してくれていれば、田中を殺すことはなかったのに……。

しかし、前金が探偵として振舞うのはそこまでだった。

「前金さん、惜しかったね。あと一歩だったのに」

亜蘭に肩を叩かれた前金は不貞腐れてソファに尻を投げ出した。入れ替わるように亜蘭がすっと立ち上がる。

「じゃあ、僕からも」と、両手をポケットに入れた。

いかにも「名探偵 皆を集めて さてと言い」といった佇まいだ。

やはり亜蘭が〝探偵〟だったのか。

それもまた凜子を複雑な気持ちにさせる。袋小路らに見つかっていなければ、亜蘭に指示書を届けることができ、第三の殺人前に事件が解決したかもしれないのだ。

「せっかく前金さんが用意してくれたから、証拠の面からも考えてみよう」

亜蘭は離れの焼け跡で回収した、破り取られた本のページを出し、焼却炉で発見した紙片の横に並べた。

「第一の殺人ではクイーン、第二の殺人ではカー、第三の殺人ではクリスティ。それぞれの作品が示されていた。どれもダイイング・メッセージとも受け取ることができるけど、被害者たちがそんなものを残す理由がない。となると、残したのは犯人ということになる」

「ええ。そこまでは疑いようがないでしょう」

次輝が頷く。

「これも同意してくれるよね。犯人は具体的な作品にまで絞ってメッセージを残している。クイーンの『Xの悲劇』、カーの『黒死荘の殺人』、クリスティの『ナイルに死す』だ」

「間違いないでしょうね」

陽に認められ、亜蘭が調子を上げる。

「三作品に共通する点はあるかな」

「時代設定が近い。作家たちが同世代だから。他には……主人公が……うーん、特に共通点はないわね」

陽が思案に暮れる。

凛子も手がかりの意味については聞かされていない。ただ残すよう指示されただけだ。〝真犯人〟が誰なのか気になるため、自分も推理に参加したいところだが、ミステリーの知識が貧弱だと露呈してしまいそうなので黙っていた。

「主人公と言いますと？」

袋小路がパスを出す。

ということは、謎解きに関係している可能性がある。

「『Xの悲劇』はドルリー・レーン、『黒死荘の殺人』はヘンリ・メリヴェール卿《きょう》、『ナイルに死す』はエルキュール・ポワロ」

「ポワロなら知ってるわ」

陽が挙げたキャラクターの中で、蜜がポワロのみに反応した。

「ポワロの特徴といえば、灰色の脳細胞、背が低い、ベルギー人」

「あとチョビ髭」

陽と蜜が顔を見合わせて笑う。

「ドルリー・レーンは俳優で耳が不自由、ヘンリ・メリヴェール卿は貴族であり、元軍人、医師、弁護士……とか？」

陽が一通り項目を出すと、前金が鼻を鳴らした。

「ふん、共通点なんてねえよ。ライバル作家同士が似たようなキャラを作るはずがねえだろ。この中の人間と合致する特徴もねえな……いや、あるか。ドルリー・レーンは耳が聞こえない。よお、執事さん、あんた補聴器つけてるよな」

前金は、からかい半分で袋小路に耳を見せろと迫った。

「はあ……」袋小路は補聴器を外して、掲げた。「しかし、補聴器をつけているのは

「……」

「私もつけております」

市原が手を挙げる。

「私もです。二人に補聴器を勧めたのも私でしてな」

一臣が豪快に笑い飛ばした。

「三人もいるんじゃねえ。それに、前金さんだって一応、医者だろ。茶近さんは弁護士だった」

「……例えばの話だ。本気にすんな」

亜蘭に突っ込まれ、前金がまた不貞腐れる。

陽が呆れたように短い溜息をついた。

「そもそも主人公たちのキャラクターに注目する根拠もないでしょ。もっとストレートに考えたら？　クロスされた指に、焼却炉に残された一文、その意味は？」

「『Xの悲劇』では、なぜ、死体の指がクロスされていたの？」

蜜に尋ねられた陽は「それはねえ」と向き直る。

「電車の中で見つかった死体が――」

「ちょっとちょっと、レディースの方々」

亜蘭が陽の説明を遮り、二本指を差す。

「人生最高の愉悦《ゆえつ》を奪っちゃ可哀想だ。気になるなら今すぐ『Xの悲劇』を読みたま

え」

「そうね。失礼」

陽が素直に認めた。

「じゃ、読んでみよっと。袋小路さん、クイーンの本はありますよね」

蜜が屈託のない笑顔を袋小路に向ける。

「はい。燃えたのは、ポアロとホームズのみでございます。クイーンもカーも、クリスティの他作品も館内にございます」

「後でゆっくり読ませていただくわ」

蜜がぱちんと手を合わせた。

「ネタバレの是非とは別に」

亜蘭がテーブルから焼却炉の紙片を摘《つ》まみ上げる。

「この文言が、石室さんや茶近さんの事件と直接関係しているとは思えないんだよなあ」

「そうでしょうか」

次輝が眉間に皺を寄せる。

亜蘭は「うーん」と唸ってから続ける。

「第一の殺人では、電車と船の違いはあるけど、乗り物の中で発見された死体の指が交差されていた。第二の殺人では、焼死体と細長い凶器で刺された死体、そして『エ

ルシー・フェンウィック』についての一文。それぞれ『Xの悲劇』『黒死荘の殺人』を見立てている。それは間違いないと断言できるよね」

「まあな」

亜蘭の独り言に前金が応じた。

「でも、それ以上ではないんだよなあ。Xに組んだ指そのものに意味は無いし、エルシー・フェンウィックなんて人物は僕らと全く関係ない。その上、最後の殺人に至っては、作品名の書かれた本のページが残されていただけだ。犯人が三つの殺人現場と四人の死体を使って示しているのは、これまでに挙げられた三つの作品。単純にそれだけなんだよ」

「個々の証拠の意味を探るのは、木を見て森を見ずと言いたいの？」

陽が怪訝そうな顔をする。

「そう。そして、三つの作品が示すのは……そうだ！　そうか！　そういうことか！」

「一人でガッツポーズしてないで早く言って」

はしゃぎ出した亜蘭を陽が戒める。

「やっぱり注目すべきは三作品の主人公たちだ！」

「さっき違うって結論になっただろうが」

前金が吐き捨てた。

「いや、犯人は適当に三作品を選んだんじゃない。どれも、その主人公が初登場する

作品だ」

「おいおい、ここは文学オタクの祭典かよ。付き合いきれねえぜ」

「そう！　文学オタク、ミステリーマニア。それもキーワードだ！」

「あのさ。悪いけど、初登場作品であることが三作品の共通点だと言いたいなら、根本から間違いよ」

陽が冷たく突き放す。

「たしかに『Xの悲劇』はドルリー・レーンのシリーズ第一作だし、メリヴェール卿は『黒死荘の殺人』で初登場だけど、『ナイルに死す』はポワロの中盤あたりの作品だもの」

「いーや！　全て初登場作品だ！　そこに意味がある！」

亜蘭は譲らず、破れた本のページを陽に見せた。

「ここに書かれているのは原題の『Death on the Nile』。ポワロの有名作ではあるけれど、クリスティは同タイトルの作品をもう一つ書いている」

「……そうか」

陽がハッとする。

「ねえねえ。二人だけで話してないで教えてよ」

蜜が陽の袖を引っ張った。

「クリスティは短編でも『Death on the Nile』という作品を書いているの。収められ

ているのは『パーカー・パイン登場』。『パーカー・パイン』シリーズとして二作出ているうちの一作目よ」

「うん。つまり、見立てに使われた作品は、どれもシリーズ一作目であり、各主人公が初登場する作品だ。だから、注目すべきは各作品の主人公たちってこと」

亜蘭は興奮して部屋を歩き回る。

凛子は混乱した。亜蘭の言っていることが事実なのかどうか判断できない。

ここまで推理を展開した以上、〝探偵〟は亜蘭だと思われる。しかし、前金がキャストなのだとしたら、謎解き宣言という〝探偵〟の醍醐味を奪うだろうか。

亜蘭の推理は的外れなのか。〝探偵〟に推理を促すための狂言回しか。だが、すでに前金の出番は失われている。亜蘭がキャストなら明らかに出しゃばりすぎだ。

「明智さん」

突如、陽に名前を呼ばれた。

「あなた、ここを訪れてすぐ、クリスティの書棚からポワロ以外のシリーズを一巻ずつ借りていたわね。それには当然『パーカー・パイン』も含まれていたでしょう」

ほぼ核心に触れていた。

が、その言い訳は準備してある。

「『パーカー・パイン』の章頁を破って死体に握らせたとでも？　そんなもの誰でも事前に用意できるじゃないですか」

一応、反論するが、想定どおり陽は怯《ひる》まない。

「もちろん、その可能性も捨てきれないわね。ただ、確認は簡単よ。その本を持ってきていただけるかしら」

「ここに……ですか」

凛子は言葉に詰まるふりをする。

「ええ、お願い。もし、『Death on the Nile』の章頁が破られていて、この切れ端と破れ目が一致すれば、動かぬ証拠でしょう。まさか紛失したなんて言わないわよね」

凛子は渋面を作って、俯いた。

危うく笑ってしまうところだった。表情とは逆に気持ちが軽くなる。やっと解放された。

これこそ明智凛子が犯人だと示す決定的証拠。『パーカー・パイン登場』は部屋に置いてある。あらかじめページが破られていたなんて言い訳は通用しない。凛子は自発的に『パーカー・パイン登場』を借りた。何者かに証拠を押し付けられたと主張するのは無理だ。

もう言い逃れできひん……そうやろ？

凛子がさりげなく視線を向けると、袋小路が僅かに頷いた。

……やっと終わった。

「お見事ですね」

挑発的に言ってから凛子はポケットに手を入れ、指示書を掴んだ。これで推理は〝真犯人〟探しに移るだろう。

「……」

ポケットの中で手が止まった。

結局……〝探偵〟は誰なん？

3

凛子の自白に辿り着き、袋小路は肩の荷が少し軽くなった。

「これは……」

凛子の差し出した指示書を次輝が読み、他の人間にも回覧する。

「まあ、明智さん単独の犯行とは思っていなかったよ。今回の犯行が可能なのは館の構造に詳しい人間だ。初めて訪れる明智さんだけでは無理だもの」

指示書に目を通した亜蘭が後付けの理論をかざす。

袋小路は時計を見た。

〝真犯人〟まで、もう目と鼻の先だ。

今回は、指示役の〝犯人〟と実行役の〝犯人〟、どちらからでも推理が可能なようにしてあった。先に〝真犯人〟を当て、そこから実行犯が別にいるという推理もあ

り得た。

いずれにしてもレーン、メリヴェール、パインの名が揃えば、謎解きは終わったようなものだ。

「明智さんは指示書を送ってきた人間が誰か知らないんだよね」

「はい。メールで脅されて仕方なく。内容があまりに具体的だったものですから」

亜蘭の質問に、しおらしくなった凛子が答える。

「どんな脅しを？」

「……私は裏の世界でも仕事をしています」

「ああ、そういえば」

「その世界の人を怒らせたら、私なんていつでも海に沈められます。それで……」

「やられる覚えもあるってわけか」

「はい、脅迫者はどこかで私の情報を仕入れていて、従わなければ、密告すると」

「命令の内容が、ここでの連続殺人だったのね」

陽が静かに訊いた。

「指示は全て封書で届きました。この指示書の他にも詳細なものが。すでに推理されているとおり、瀬々さんを昏睡させ、時限発火装置で燃やしました。石室さんも同様に使用人室で昏睡させてから焼却炉に入れ、タイマーをセットしました。茶近さんは殺す予定にありませんでしたが、石室さんを焼却炉に入れているところを見られたの

で……」

「茶近さん、ついてなかったね」

亜蘭が苦笑する。

「若林さんは離れに飾られていた拳銃で撃ち殺し、その場で火を付けました。館に戻る時間が無かったというのも、その通りです」

「どうだろう。ここまでの推理は、ほぼパーフェクトと言えるんじゃないかな」

亜蘭が両手を広げた。

「お前だけの手柄じゃねえけどな」

前金が釜元に持って来させたワインをあおる。

「残るは、明智さんを操っていた真犯人だけど……」

亜蘭は顎を触り、考え込む。

「もう手がかりは出揃っているわ」

陽の宣言に、一同が唖然とする。〝真犯人〟を知らない凛子も驚いているようだ。

「……ご高説伺えるかな」

亜蘭が少し悔しそうに尋ねた。

「あなたが言ったとおりよ」

「僕が？」

「三つの殺人現場に残された三作品。それこそが真犯人からのメッセージよ」

「メッセージ？」

「真犯人は明智さんの犯行が見破られても自分に火の粉がかからないようにしていた」

「まあ、今がまさにその状況だな。犯人が分かっても真犯人までの線は繋がってねえ」

前金が不承不承に同意する。

「でも、真犯人はずっと送ってきていたのよ。自分の正体を知らせるヒントを」

「ヒント？」

「それも、あなたが言ったとおり。三作品それぞれの主人公こそが真犯人のヒント」

「……それは実行役を絞り込む手がかりだろ？」

「二重の手がかりだったの。さっきはレーン、メリヴェール、ポワロで考えたけど、ポワロとパインを入れ替えたらどお？　パインの仕事は？」

「……相談員か」

ビンゴ！

袋小路は指を鳴らしたい衝動にかられた。謎が綺麗に解かれるのは運営としても見ていて気持ちがいい。

パーカー・パインは人生相談所の相談員という異色の職業だ。依頼人の人生相談を通して事件を解決する。

「そこに、レーンの特徴を重ねたら？」

「ドルリー・レーン……耳が不自由……」

陽に促され、亜蘭が呟く。

その刹那、亜蘭と前金が同時に振り返った。

視線は一臣に向けられている。

「補聴器に、相談役……一人に絞られた……」

「じゃ、じゃ、じゃあ、メリヴェールは何だ。この爺《じい》さんとの共通点は無かったぞ」

「あったのよ」

興奮する前金を陽が静かに制する。

「貴族で、元軍人で、医師で、弁護士。多彩な顔を持つヘンリ・メリヴェール卿には、他にも有名な綽名《あだな》がある。それは『マイクロフト』」

「シャーロック・ホームズの兄……探偵の兄か。くそっ！」

前金が地団駄を踏んだ。

「兄さん……」

次輝が茫然と一臣を見た。

一臣は目を閉じ、髭を撫でている。

陽が問いかける。

「三大ミステリー作家の三作品、三人の名探偵。その全てが、あなたを示しています。そうですね、一臣さん」

一臣はちらりと袋小路を見た。袋小路は目で自白を許可した。

「はっはっはー」

ここぞとばかりに一臣が豪快に笑う。

「いやあ、最近はすっかり足腰が動かなくなりましてな。現場働きは弟に任せておりました。しかし、正直、探偵として脚光を浴びる弟に嫉妬していたのです。推理力は衰えていないと自負しているので、なおさら寂しくてねえ」

一臣は、動機を語り始めた。

「犯行に至るきっかけは……恥ずかしながら、会社の金を……横領していまして」

「なんだって！」

次輝が驚く。

「すまなかったな。だが、それが明るみに出ることとなった。次輝の耳に入るのも時間の問題だった。私は名を穢《けが》す前に自殺しようと考えたのです。しかし、このまま死ぬのはプライドが許さなかった。どうせ死ぬなら世紀の大事件に携わってから死にたい。ふふっ。分かっておりますよ。そんな都合の良い話はありません。だから自ら起こすことにしたのです。百年先、二百年先まで語り継がれる奇怪な未解決事件を。そして、私はその当事者として死ぬ。言わば、壮大な無理心中ですな」

と、一臣が独白している間、袋小路は〝探偵〟の様子を窺っていた。どうやら一臣の話を聞いていないようだ。

動機には興味ないのか……。

同じミステリーマニアでも細かな好みは多種多様。動機を重視する派もいれば、トリックだけにこだわり、動機などどうでもいい派もいる。

最後に飽きられては元も子もない。

袋小路は部屋の後方に下がり、〝探偵〟から見えないよう一臣に「急げ」とサインを出した。

それまで、間を長く取りつつ、ノリノリで話していた一臣が困惑の表情を浮かべる。

いいから巻け！　巻け！

袋小路は腕をぐるぐる回した。

一臣は急に早口になり、だいぶ端折《はしょ》った説明になる。

バスカヴィル館での事件を画策した一臣は、まず自身の探偵会社の調査資料を調べた。脅迫材料があり、手足にできそうな人間を探すためだ。見つかったのが、裏社会の仕事をしている凛子だった。手紙で凛子を脅し、懐柔した。そして、著名な探偵たちを館に招き、連続殺人を実施。その最後の被害者として、世を去るつもりだった。

未解決事件を画策したとはいえ、探偵としての誇りからフェアに手がかりを残すことにもこだわった。万が一、謎が解かれたときにも備え、自分がいかに大胆な挑戦をしていたのか誇示するためヒントとなる見立てを用意した。予告状の怪文は食堂に向かう前、自ら玄関に打ち付けた。万全の計画で臨んだが、しかし、最後の最後に手違いで使用人が殺され、己は生き延びてしまった。

一臣の独白を聞きながら袋小路は忸怩《じくじ》たる思いだった。

シナリオどおり一臣が死んでいたら、被害者が犯人だったことになり、意外性が高まったはずだ。だが、成功と見做そう。破綻を覚悟した一時を鑑みれば、大成功と言っていい。ここに至れば、瀬々の脅威も霧散している。何より、田中が犠牲になって破綻を防いだのだ。その働きを認めたい。

……本当か。

離れに残していった田中の姿を思い出す。

次に見た時は、顔も体も判別不可能な状態になっていた。

バールストン・ギャンビット——その言葉が頭をよぎる。死体の身元が判別できない場合、被害者と思われた人物こそが犯人。クイーンが得意とした手法。

茶近殺しの真相は依然として闇の中だ。

田中、お前まさか——。

思考は強引に止められた。

フィナーレを告げる華やかなクラシックが館内に鳴り響いた。

4

唐突に始まった弦楽合奏に凛子がポカンとしていると、館の奥からドレスで着飾っ

た女性と正装の人間たちが現れた。背後では四人の楽隊が弦楽器を奏でている。

「お見事でございます。謎は解かれ、惨劇の舞台は終幕となりました」

ドレスの女が祝辞を述べた。

楽隊は演奏のテンションを高め、袋小路や市原たち使用人が拍手を贈る。一臣と次輝も拍手に加わった。凛子も袋小路に目で促され、手を叩く。

「ここからは祝賀のパーティーとなります。どうぞ、館での時間を思い起こしながら、お酒と料理をお楽しみください。キャストたちも参加させていただきますので、ご自由に会話なさっていただければと存じます」

正装の者たちが一斉に料理と酒を運んできた。

ドレスの女はカクテルを受け取ると、賓客たちに近寄った。

「皆様それぞれ鋭い推理を展開されて、私も拝見しながら興奮いたしました」

「うーん、一人で全部解明したかったんだけどなあ」

亜蘭が残念がっている。

「犯人が明智だって最初に気づいたのは俺だからな」

早くもグラスを空けた前金が胸を張った。

「結果的に協力して解決する形になったのは、まあ、良かったんじゃない」

陽がまんざらでもないように口元を綻ばせる。

「皆すごかったよー。私なんて死体を見ただけでドキドキしちゃった」

蜜が肩をすくめる。

「では、改めまして。皆様の優れた推理と幸運に」

ドレスの女がグラスを掲げ、賓客たちと乾杯した。

そういうことか……。

凛子は理解した。

〝探偵〟は四人いたのだ。

決死の覚悟で亜蘭の部屋に駆け込もうとした自分が馬鹿に思えた。

「参加費は少々高いが、面白かったんじゃねえか。酒も旨かったしな」

「うん。興奮したよ。カジノに行く回数減らして、また参加しようかな」

「是非、お待ちしております」

上機嫌の前金と亜蘭にドレスの女がリピートを促す。

拍手を終え、手持無沙汰になった凛子は〝探偵〟たちを眺めていた。

「偽の証拠」の発端、難易度を上げろという不可怪な要求の理由もこれで察しがついた。なぜ、ルールを無視してまで面倒な要求をするのか疑問だったが、〝探偵〟たちの間で推理を競っていたのか。同伴した意中の女性の前で、他の〝探偵〟に負けると恰好《かっこう》がつかないと焦ったのだろう。実に迷惑な話だ。

「途中までは僕の独走状態だったよね」

「口数が多かっただけだろ」

幕が下りても言い合いを続ける亜蘭と前金を見て、凛子はふと疑問を覚えた。

運営に理不尽な要求をし、「偽の証拠」を作らせたのは、どっちだ？

袋小路が要求された時点で推理をリードしていたのは亜蘭だ。「偽の証拠」まで使って前金を陥れる必要は無かった。では、前金か。いや、前金は「偽の証拠」に食いつき、最後まで袋小路を真犯人だと疑っていた。自分で用意させた罠《わな》に引っ掛かるとは考えにくい。

「とっても楽しかった！　連れてきてくれてありがと！」

蜜の甘ったるい声がした。

声のした方を見ると、陽が蜜の肩を抱き、互いの顔を近づけている。

「なるほど……アホらし」

凛子は思わず、口に出した。

そういえば使用人室を捜査していた時、陽は蜜に、島はクローズド・サークルになっているため警察が介入しないと教えていた。考えてみれば、これはクライアントの〝探偵〟だからこそ言える台詞だ。設定では、食糧を運ぶ定期船が来れば、外部との連絡が取れるようになる。それまでに事件を解決するというのは、開催期間の都合に過ぎない。それにもかかわらず、警察の介入を無いものとして行動するのは、クローズド・サークルを前提とした話であり、キャストが言えば世界観が崩れる。

「誘われた時は迷ったけど、来て正解だったよ」

亜蘭が陽に言うと、陽は「でしょう」と顎を上げた。

「だが、俺が金を多く出すのは気に入らねえな」

前金が不平を言う。

「遊んでもらえるだけ感謝しなよ、オジサン」

「ふん」

亜蘭に突っ込まれ、前金が鼻白んだ。

「でも、惜しいことしたわ。『Xの悲劇』と『黒死荘の殺人』が示された段階で、マイクロフトまで推理が繋げられたら、もっと早く真犯人に辿り着けていたのよね」

陽が蜜を抱いたままカクテルを口にした。

凛子も内心で悔しがる。

第二の殺人直後に、陽が〝探偵〟だと気づいていれば、指示書を渡して事件を止められたかもしれない。

「今さらか……」

後悔しても遅い。すでに第三の殺人は起き、手を汚してしまった。

「では、ここで。皆様が過ごされたバスカヴィル館での時間を違う視点でご覧いただきます」

ドレスの女が合図を出すと、応接間の広い白壁に監視カメラの記録が映写された。

凛子の犯行が一部始終流され、同時刻の〝探偵〟たちの姿と分割画面で同時進行す

る。

「へえ、僕らが無駄話してる間に仕掛けられてたのかあ」

亜蘭が感心した。

「へへへ、凛子ちゃん、やるじゃねえか」

前金がにんまりして凛子を見た。

映像で振り返りながら〝探偵〟たちは互いに健闘を称え、呑気《のんき》に事件を回想する。

こいつら……。

殺人に手を染めてしまった凛子のことなど気にもかけない人生イージーモードの富豪たち。一方の凛子は命すら危うい。あれだけ反抗したのだ。この後、いつ殺されてもおかしくない。助かったとしても這いつくばる人生の繰り返しだ。

これまでの殺人で一度も抱かなかった負の感情が凛子の胸に広がった。

そして、思い出す。瀬々や石室に飲ませた薬がまだポケットに入っている。少量でも昏睡させるこの薬は、過剰摂取による致死性も高い。もし、大量に飲ませたら……。

凛子は努めて自然体で動いた。

カクテルを給仕しているスタッフに近寄る。

生まれた時から劣悪な環境に振り回され、転落を強いられてきた。自分の意思など関係なかった。だが、決意さえ固めれば、行動は起こせる。

「私が持っていきます」

給仕からカクテルを載せたトレイを借りる。誰も見ていないのを確認し、薬を全てのグラスに入れた。

笑顔を作り、〝探偵〟たちに近づく。

「おお！　これはこれは。偉大な犯人さん！」

亜蘭が軽薄な笑顔で出迎えた。

「皆さんの最後の追い込み、驚きました。怖いぐらいでしたよ」

心にもない世辞を言い、カクテルを差し出す。

「凛子さんも大変だったでしょう。お疲れ様」

蜜がグラスを手に取り、他の〝探偵〟たちも次々と手を伸ばした。

「じゃ、乾杯を犯人にしてもらおうか」

前金が野卑に笑いかけた。

凛子は〝探偵〟たちを一人一人見回す。

しゃあないの。あんたたちが悪いんやから……。

「どうかした？」

黙っている凛子を陽が訝しがる。

「凛子さんは疲れてるんだよ。ほら、乾杯！」

蜜がグラスを掲げる。

「そう、ちょっと疲れていて……仕方がないの」

凛子は呟き、グラスを掲げた。

しゃあない――。

仕方がない――。

この言葉を、これから何度言い続けるのだろう。

乾杯してすぐ前金がグラスに口をつけた。

「待って！」

凛子は前金の腕を押さえた。

「なんだよ？」

前金が狼狽える。

「間違えました。取り替えます」

凛子は〝探偵〟たちのグラスを回収し、トレイに戻した。

「取り替える？」

亜蘭が不審そうに凛子を見た。

「もっと美味しいお酒があります。これで酔っちゃうのは勿体《もったい》ないので」

急いで、その場を離れようして足がもつれた。

トレイからグラスが飛び、床に砕け散った。凛子も受け身を取れない状態で倒れた。

会場が静まり返る。

「……すいません」

起き上がろうとして、四つん這いになる。悔しさがこみ上げた。

「皆様、あちらに料理を用意してあります。どうぞ、温かいうちに」

すかさず袋小路が〝探偵〟たちを遠ざけた。

凛子の横に屈み、グラスの破片を集めようと手を出す。

「あ、触らない方が……」

凛子が咄嗟に言うと、袋小路は手を止めた。

「どういうことだ？」

絨毯にできたカクテルの染みに目をやる。

「……お前」

「……ごめんなさい」

凛子は死を覚悟した。

すると、館での出来事がフラッシュバックし、欠けていた記憶を呼び起こした。

「あの……」

凛子は四つん這いのまま袋小路に囁いた。

「ライターさんのことですが……」

「馬鹿！　こんなところで口にするな」

袋小路が小声で窘《たしな》める。

だが、凛子は黙っていられなかった。殺される前に伝えておきたかった。

「私が火をつける前、あの人、最後に言ってたんです。袋小路さんに伝えてほしいと」

「……田中が？　何を？」

凛子は間違えないよう記憶を反芻《はんすう》してから、慎重に告げた。

「――僕の代わりに謎を解いてください」

5

明け方まで続いた宴《うたげ》の間に、島の裏側で待機させてあった豪華クルーザーが船着き場に回っていた。

クライアントたちが乗り込むのを袋小路はドレス姿の雅と共に見送った。

「支部長、オンライン会議まで三十分です」

背後からサツキが囁く。

「ええ。行くわよ」

最後の仕事を終えた袋小路に対する労いの言葉もなく、雅は館に戻って行った。

袋小路はどんどん小さくなるクルーザーの船影を眺めた。

今回の探偵遊戯は、四人のクライアントによる貸し切りだった。事前のヒアリングには陽と蜜が出席していた。陽の要求で「偽の証拠」が急遽必要になった時は困惑したが、茶近の死で事態はそれどころでなくなった。

凛子の処分についても協議は先送りになるだろう。どちらにせよ凛子は逃げられない。見張りがつくし、うまく逃げたとしても、アメリカの証人保護プログラムのように即日別人にでもならない限り、隠れ続けることは不可能だ。探偵遊戯からは一生逃れられない。

司令室に戻ると、詰所に引き揚げるところだった盤崎と号木に挨拶された。市原や釜元の姿もあった。まだキャストの衣装を着ている。隅には若林も控えている。

「お疲れ様。今回は大変だったな」

袋小路は同僚たちを労った。

「今回も、ですよ！」

市原が袋小路の腕を軽く叩く。

「大変じゃない時なんてありましたっけ？」

釜元が冗談交じりに言った。

「メグにも苦労かけたな」

ライター席の隣に座っていたメグに声を掛ける。

メグは無表情のまま会釈した。

「でも、今回は特にきつかったですね……」釜元が真顔になった。「茶近役の彼は初対面でしたが、田中君……いや田中先生は制作部の仕事をしていたから、ここ最近ず

っと一緒でした……」

空いているライター席が袋小路の目に入った。

「受け止めないとな……ここは戦場だから」

袋小路の言葉に、市原とメグが俯いた。

「いやー、起きてはいけない事故だったなあ。皆さん、びっくりしたでしょ」

場違いな声が近づいてきた。

ルルーだ。深刻な表情をしているが、本心ではないのが見え見えだ。

「またライターが一人になっちゃった。いや、それはどうでもいいんだけどさ。田中先生の分まで頑張るから。その点は安心していいよ。いやー、それにしても、びっくりだよなあ」

誰もルルーと目を合わさない。

「あれ、聞いてる？　落ち込んだって解決しないんだからさ。辛気臭いのやめようや」

辞める前に、こいつを殴っておこうか。

袋小路は拳を握った。

だが、これからも働き続ける同僚たちに迷惑をかけたくない。

袋小路は愛想笑いでルルーに答えた。

「先生の方から事情を察していただき、とても助かります。せっかく小説にも着手されたとのことですが、しばらくは、こちらのシナリオに専念をお願い致します」

「うーん。それは無理だな。直木賞が待ってるからさ。小説の片手間で――」

「困ります」

袋小路が急に語気を強めると、ルルーは絶句した。

「……いやいや、困ると言われても――」

「いいえ。専念していただきます」

「おい！　その態度は――」

「先生のお力が必要なんです」

最後まで言わせてもらえないルルーは徐々に顔を引きつらせた。

袋小路は口調だけ低姿勢を保つ。

「先生に書いていただかないと探偵遊戯のスケジュールに穴が空きます。制作部も技術部も美術部も、ライター以外の全部署がスタンバイできているのに、です」

「……穴が空くのは、ライターの責任だって言うのか」

「探偵遊戯にライターの存在は必須。分かっておられますよね。分かっていながら仕事を放棄されるということは――」

ビジネスを潰すスタッフを探偵遊戯は許さない。たとえライターであってもだ。そのことをルルーも痛いほど知っている。普段ちやほやされていても、不要と判断された瞬間、消される運命なのだ。

「知ってるっての！　ああ、もう！　田中の野郎、いなくなりやがって！　こっちの

身にもなれ！」

ルルーは精一杯の空威張りをしながら逃げるように司令室を出て行った。

司令室が失笑に包まれた。

「袋小路さん、お疲れ様でした」

市原が改まって一礼した。

「お疲れ様は、さっき言ったばかりじゃないか」

袋小路は軽口で返した。

「お疲れ様でした」

隣の釜元も改まって言う。

「お疲れ様でした」

盤崎も続いた。

気付くと、司令室にいるスタッフが全員、袋小路に頭を下げた。メグも椅子から立ち上がり、礼をしている。

「もしかして……」

涙声になりそうで、それ以上、喋れなかった。

退職することをスタッフには言っていない。だが、皆、察していたのだ。

「お世話に……なりました」

声を絞り出し、深く腰を折る。

誰にも誇れず、家族にすら言えない生業。それでも全力で戦ってきた。その日々が遂に終わった。

袋小路は顔を上げ、手を叩いた。

「さあ！　午後には全員で島を出る。撤収準備を急いでくれ」

スタッフたちが一斉に動き始め、騒がしさが戻る。

袋小路は後ろ髪を引かれる想いで司令室を出た。ちょうど私服に着替え終わった数々家兄弟役の二人が螺旋階段を下りてくるところだった。

「またお願いします」

次輝役のキャストは会釈して、そのまま地下二階に下りていく。一臣役のキャストは足を止め、袋小路に耳打ちしてきた。

「本当に、俺は殺され役じゃなかったんだよね」

「くだらん心配するな。次も頼むぞ」

袋小路に背中を叩かれ、キャストは喜んで去って行った。

死ぬはずの者が生き残り、死など想像すらしていなかった者たちが消えた。

袋小路は感慨を胸に階段を上がった。その足は離れの残骸へと向かう。寒空の下、スタッフたちが片付け作業をしていた。死体はすでに撤去されている。

探偵遊戯の間に次々と起きた異変。田中の死は事故で済む話だろうが、茶近は間違

いなく何者かに殺された。瀬々の生死も不明。どれも有耶無耶《うやむや》になるだろう。破綻に繋がる恐れがあるうちは真相解明を迫られたが、探偵遊戯が無事終わってしまえば、事故扱いで処理されるのがオチだ。

最後の仕事がそれでいいのだろうか。

真相に蓋をしてしまえば、気持ち悪さを抱えたまま残りの人生を生きることになる。

しかし、田中の言う〝黒幕〟を見つけ出すのは現実的ではない。〝探偵〟たちが挑んだ『バスカヴィル館の殺人』は、関係者がせいぜい十人。その中から〝犯人〟と〝真犯人〟を見つければいい。しかし、茶近殺しはシナリオを知っていた人物による犯行だ。

キャストだけでなく、裏方スタッフも全て関係者――。

その数は一気に膨れ上がる。〝探偵〟たちが挑んだ謎より、よっぽど難しい。

当てずっぽうの推理で告発したら大変なことになる。〝黒幕〟の正体はもとより、その手口まで明確にしなければ告発など許されない。

「無理に決まってるだろ」

袋小路は自嘲した。

田中を失った自分に推理などできるはずがない。

袋小路は踵を返し、館内に戻った。

瀬々が発見されたのは、撤収作業の最中だった。スタッフ詰所の一室で薬の多量摂取により死んでいた。凛子が犯行に使用していたのと同じ薬だった。

さらに、焼却炉そばの森から新たな黒焦げの死体が見つかった。

＊

6

バスカヴィル館の探偵遊戯から一か月後、凛子は都内の雑居ビルに呼び出された。

待っていたのはフィナーレの際、ドレスを着ていた女だった。たしか九条雅という名だ。今日はカジュアルなスーツを着ている。

雅は凛子をソファに座らせたきり、無言でデスク仕事をしていた。自分の命運を握る女の冷たい態度に凛子はひどく怯えていた。

オフィスは狭く、デスク二台とソファセット一式しか置かれていない。そこで水一杯出されず待つこと十分。部屋にインターホンが鳴り響いた。

「ドアは開いてるから入ってきて」

雅が卓上電話で機械的に応対した。

少ししてオフィスに男が入って来た。一瞬それが袋小路だと気づかなかった。バス

カヴィル館からそれほど経っていないのに、だいぶやつれている。

袋小路は凛子の向かいに座った。

「あまり時間が無いの。手短に頼むわ」

雅は挨拶も前置きもせず、袋小路をせっついた。

「ちょうどいい。こちらも忙しいので」

袋小路は想定していたかのように話を始めた。

「まず、茶近と石室を殺したのは瀬々です」

凛子はぎょっとした。

突然、何を言い出すんだ……。

しかし、雅は眉一つ動かさず、続きを待っている。

「我々が推測していたとおり、瀬々は生きていた。別人の死体をクルーズ船の荷箱に隠しておき、カメラの死角で入れ替わってから海に飛び込んだ」

「……ちょっと待ってください」凛子は我慢できず、割って入った。「どういうことか、まず説明してください」

説明していなかったのか、と言いたげに袋小路は雅を見た。雅は悪びれもせず、黙っている。

袋小路は呆れ顔を凛子に向けた。

「バスカヴィル館で起きた、シナリオに無い殺人。その真相についてだ」

「……どうして、私が呼ばれたんですか」

「彼の説明に矛盾があれば指摘しなさい」デスクの向こうから雅が言う。「あの日、事件現場を最も動き回っていたのは、あなた——でしょ？」

「……ええ、まあ」

「間違いは許されない。それを肝に銘じなさい」

雅が急に声を尖らせた。

「……では、言わせていただきますが、私はちゃんと薬を入れたお酒を渡しましたし、瀬々も飲んでいました」

「はっきり見たのか、飲んでいるところを」

袋小路は膝の上で手を組んだ。

「そう聞かれたら……断言できひんけど」

「飲んでいた酒はどうした？」

「昏睡した時にこぼしていました」

「瀬々は飲む振りをしただけだ。グラスに口をつけただけで、昏睡を装い、船の床に捨てたんだよ」

凛子は反論しようとして記憶を辿った。しかし、瀬々が酒を飲んでいる光景を思い出すことができない。代わりに浮かんだのは、違和感を抱いていた桟橋での会話だった。

「言われてみれば……瀬々と話していて、私が〝犯人〟だと知っているような印象を受けました。せやけど、そんなこと……」

「運営の中に、瀬々を手引きした人間がいる」

「……誰です？」

「田中だ」

「田中って。私が――」

撃ち殺してしまったライター、とまでは口にできなかった。

「勝手に話を進めないで」

雅が口を挟む。

「瀬々が別人と入れ替わったとしたら、クルーザーの焼死体は誰なの？　あの時点ではスタッフもキャストも誰一人欠けていなかったのよ」

「片倉《かたくら》ヘンゼル」

「……今、何て言った？」

袋小路の挙げた名前に雅が顔を顰める。

凛子も戸惑った。聞いたことのない名前だ。

「栗野《くりの》ハンス、小《こ》梁川《やながわ》ズルタン、桑折《こおり》ローランド、鬼庭《おにわ》太一《たいち》、あとは……忘れましたが、その中の誰かです」

袋小路の説明を理解したらしい雅は唇を震わせた。

「……『グリム』の〝被害者〟ということ？」

「はい。『バスカヴィル』の前日まで島では『グリム童話大量殺人事件』が開催されていました。担当していた出嶋班の制作部に田中は応援で参加しています。田中は他のスタッフが嫌がる仕事も引き受けていた。死体の火葬を含め……」

「『グリム』で出た死体を瀬々と入れ替えたの？」

「瀬々だけじゃありません。石室と入れ替える死体も準備した。『グリム』には女性の〝被害者〟もいましたからね。探偵遊戯で出た死体は火葬後、灰を海に捨てますが、田中は男女の死体一体ずつを黒焦げの状態で保管していたのです」

袋小路の言うとおりならば、クルーザーで発見されたのは焼死体でなく、死んだ後で焼かれた死体だったことになる。

雅が整った顔を歪めた。

「なぜよ……なぜ、田中がそんなことするの」

「〝被害者〟たちを殺さないためです」

殺さない……？

田中は瀬々と石室を守ろうとしたというのか。

「自分で殺すシナリオを書いておいて、助けようとするなんて変じゃないですか」

凛子が疑義を挟むと、袋小路は表情を緩めた。凛子には微笑んだように見えた。

「田中は、そういう奴なんだよ。だから、散々困らされてきたんだ」

リハーサルで顔を合わせただけの田中について凛子はよく知らない。袋小路の話しぶりから想像するに、探偵遊戯のシナリオを書くことに抵抗があったようだ。

「いつ田中が瀬々と石室に計画を伝えたかは分かりません。おそらく打ち合わせやリハーサルの最中に私の目を盗んだのでしょう。瀬々と石室は探偵遊戯の掟《おきて》を知っている。〝被害者〟役だと知っても、逃亡すれば必ず見つけ出されて消される。生き残るためには田中の指示に従い、運営に死んだと思わせて身を隠すしかない。薬を飲んだと見せかけ、黒焦げの死体と入れ替わる。バールストン・ギャンビット――『顔の無い死体』のトリックを、田中は人を生かすことに応用したのです」

袋小路はまるで田中を褒めるかのように説明した。

しかし、袋小路の推理には大きな矛盾がある。その矛盾はすぐさま雅に指摘された。

「でも、石室の死体はちゃんと確認しているわ。彼女の死体は顔が判別できた。あなたも間近で見たよね」

雅に水を向けられた凛子は「はい」と頷く。

袋小路は冷静に説明を再開した。

「石室を救う計画はこうです。瀬々と同様、石室も薬を飲む芝居をして、昏睡したと我々に思わせた……これについて否定できるか？」

袋小路に直視され、凛子は黙って首を横に振る。

石室がシナリオを知っていたなんて犯行時は想像もしなかった。ティーカップに口

をつけるのは見ているが、どの程度飲んだかまでは知らない。段取りをこなすだけで精一杯で昏睡を疑うこともなかった。

「焼却炉に閉じ込められた後は瀬々が助けに来るのを待つ。クルーザーから脱出した瀬々は森に潜伏していた。凛子が焼却炉から去った後、石室を救い出し、田中が森に隠してあった黒焦げの死体と入れ替える。石室は計画どおりに動いた。しかし——瀬々が裏切った」

つまり、瀬々は田中の指示で運営を出し抜き、さらに田中の裏もかいたことになる。

「瀬々は石室を焼却炉から出すのではなく、腹を刺して殺した。石室は身動きの取れない状況だから殺害は一瞬で済む。焼却炉のカメラに小さな明かりが映っていたのは、瀬々が石室を殺しているところだった。石室と入れ替える予定だった死体は森に放置された。後に見つかった死体がそれです」

であれば、石室の体勢が仰向けから、うつ伏せに変わっていた理由も腑に落ちる。腹を刺された石室が焼却炉の中でもがき、体勢が変わったのだ。

「また、この質問よ。なぜ？」雅は納得していないようだ。「瀬々が石室を殺す動機は？」

「問題はそこです」

言ってから、袋小路は背筋を伸ばした。

「瀬々は茶近も殺しています。〝探偵〟たちには、茶近は口封じのため殺されたとい

うことにしましたが、実際は違う。茶近は石室よりも先に殺され、焼却炉に運ばれた。茶近こそが〝黒幕〟の標的だったのです」

「〝黒幕〟ねえ……」雅が冷笑を浮かべる。「今の話だと、田中が〝黒幕〟ということになるけど」

「田中に茶近を殺す動機はありません。田中は一人も死人を出さず、探偵遊戯を成立させる『裏のシナリオ』を画策した。だが、それを〝黒幕〟に利用されたのです。〝黒幕〟は密かに瀬々と接触し、『裏のシナリオ』を看破してみせ、指示に従うよう脅した。もともと瀬々は殺人に抵抗がない人間です。操るのは難しくない」

凛子は瀬々と二人きりになった船着き場の光景を再度思い出した。あの時、瀬々の牙が自分に向いていたらと思うと身がすくんだ。

「茶近は〝黒幕〟に外へ呼び出され、待ち構えていた瀬々に背後から首を刺された。〝黒幕〟は茶近殺しに立ち会うことなく、遠隔で瀬々を操るだけで目的を達した。ただし、瀬々が受けていた指示は他にもあった。茶近の死体を焼却炉に運び、茶近を刺したアイスピックで石室を殺し、また茶近の首に戻した」

「彼女まで殺さなくてもよかったやないですか」

凛子は話の全体像が摑めずにいた。

アリバイを作るため〝黒幕〟が瀬々を操ったのは理解できる。しかし、茶近を殺すのが目的なら、焼却炉に運ぶといった無駄な労力をかけた意味が分からない。

「探偵遊戯では、茶近が口封じのために殺されたことになったが、事実は逆だ。口封じで殺されたのは石室の方だったんだよ」

袋小路は噛んで含むように言った。

「田中の計画どおり石室が脱出すれば、瀬々が茶近を殺したと知ることになる。何しろ焼却炉から出た途端、目の前に新たな死体が転がっているんだからな。瀬々が何かを運んできたことも焼却炉の中から聞いて察しているはずだ。そうなると、後に彼女の口から瀬々の犯行が漏れるかもしれない。瀬々が茶近を殺したと田中が知れば、必ず運営に伝わり、血眼になって探される。〝黒幕〟は初めから瀬々を使い捨てるつもりだった。しかし、殺す前に瀬々が見つかると己の犯行が露呈する。だから、どんなに細くても真相に繋がる可能性がある線は断ち切ったんだ」

「そんな……」

瀬々と石室を殺してしまったと狼狽していた、あの時の自分はなんと滑稽だったのだろう。

「さて。ここまで辿り着けば、〝黒幕〟の姿が見えてくる。そうでしょう？」

袋小路は雅を正面から見据えた。雅は無言で袋小路を見つめ返し、二人の視線が絡み合う。

「〝黒幕〟はどんな人物か。一つ言えるのは、探偵遊戯を知り尽くしていて、『裏のシナリオ』まで把握できる人間。そして、もう一つは、茶近が死んで大きく得をする人

間です。例えば、彼と出世競争をしているような——」

雅のこめかみがピクリと動いたのを凛子は見逃さなかった。

袋小路は雅の返答を待たずに続ける。

「探偵遊戯は人工的にクローズド・サークルを形成する。死人が出ても警察に介入されない。〝黒幕〟は、そんな探偵遊戯を利用して、蹴落としたいライバルを消すことにした」

雅は黙って聞いている。

「しかし、行方不明ではいけない。安否不明の状態では、茶近が帰還する可能性が残り、人事に影響する。出世を先送りされるかもしれない。そうなれば新たなライバルが出現してしまう。人事の先送りを防ぐには、茶近が死んだと大勢に認識させる必要があった。ただ、事故を装うのは難しい。島には高い崖もなく、無理に事故死を装っても疑われる。であれば、初めから殺人であることを隠さない方が賢明だ。自分が司令室や地下二階にいたと確実に証明できる探偵遊戯の開催中に茶近を殺せばいい」

袋小路の視線から逃れるように雅は椅子を回し、窓に体を向けた。

逃すまいと袋小路は身を乗り出す。

「私が抱いていた最も大きな違和感は、茶近の死体が焼却炉前に運ばれたことでした。が、それも〝黒幕〟の正体が見えれば、解消する。〝黒幕〟はアリバイ作りのため探偵遊戯の開催中に茶近の死体を発見させたかった。しかし、シナリオと無関係な〝被

害者〟が出ると、探偵遊戯そのものが破綻する。それにより自分の評価が下がってしまっては本末転倒だ。だから、茶近の死を見立ての一部に組み込むことにした。そうすれば、制作部とライターが四苦八苦して辻褄《つじつま》を合わせる。言わば、探偵遊戯の自己修正機能を利用したのです」

いつしか袋小路は声に怒気を含ませていた。自分たちが利用されたことに苛立っているようだ。

「瀬々は詰所で殺されていました。我々が森を捜索した際、瀬々は〝黒幕〟から渡された『グリム』の使用人服に着替え、他のスタッフに紛れて詰所に入った。おそらく、しばらく身を隠した後、〝探偵〟たちが乗って帰る船の貨物室に潜んで脱出するとでも聞かされていたのでしょう。しかし、大量に薬を入れた飲み物を口にして死んだ」

袋小路が説明を終えると、雅は深く溜息をついた。

「……ずいぶん、私に怒っているようね」

「あなたからは色々な仕打ちを受けてきたが、今回ほど酷いものはない。我々の仕事を否定したようなものです」

「……仕方なかったのよ」

雅は遠い目をしている。

「茶近が監査員だと明かした時、どうして言わなかったんです？　監査員がもう一人いたと――」

「……え？」

凛子は急に話が見えなくなった。てっきり雅が〝黒幕〟であり、そのことを袋小路が責めていると理解していた。

「その監査員を明かしてくれていれば、もっと早く真相に辿り着いたかもしれません」

「どうかしら。監査員と〝黒幕〟が直《ただ》ちに結びつくとは思えないけど」

「直接繋がるわけではないし、証拠にもならない。だが、推理は容易になった。殺される直前、茶近は外に出ています。玄関や勝手口を使った形跡が無い以上、我々の目を盗んで自室の窓から抜け出したことになる。自由に動き回っても咎められない茶近がそこまでしたのは運営に知られたくない目的があったからです。考え得るのは監査員同士の接触。しかも相手の監査員は館内での会話で事足りるキャストではない。地上にいてはいけない人間――裏方のスタッフだった」

「あのう……」凛子が恐る恐る手を挙げる。「監査って何ですか」

「茶近は本部から我々の仕事ぶりを査定しに来ていたんだ。我々には正体を知らせずにな。知っていたのは……」

袋小路は非難の目を雅の横顔に向けた。

「……スパイってことですか」

「茶近は主にキャストの演技や動きを査定していた。そのために自らもキャストとして参加していたんだ。ポケットに『偽の証拠』のハンカチが入っていたのも、私が落

とし物をしたと勘違いし、監査報告のために拾っておいたのだろう。奴には『偽の証拠』を知らせていなかったからな」

「もう一人の監査員は？」

「茶近がキャストの査定を担当していたのに対し、もう一人の監査員はバックヤードのスタッフを査定していた。支部長も含めな。だから、支部長は監査員に全面協力し、その正体をひた隠しにした」

「組織とはそういうものなの。仕方ないでしょ」

処刑命令をも出せる役職の雅が「仕方ない」を連呼している。

凛子はその姿が哀れに見えた。

ところが、雅が肩を落としたのは一瞬だった。

再び椅子を回し、袋小路に向き直った雅は不敵に笑っていた。

「あなたから連絡をもらってすぐ〝黒幕〟にメールしておいたわ。『バスカヴィル館での所業を知っている』ってね。当然、あいつが自白なんてするはずないけど。メールの返信すら無かった。しょうがないから、もう一度メールしたの。『証拠も握ってる』って。どうなったと思う？」

雅のクイズに袋小路は付き合わない。黙って先を促す。

「あいつ、当初の査定結果は最低ランクにしていたのよ。それがメールを送った途端、最高ランクに修正されていたわ。それが答えよ」

雅は、ふふふと声に出して冷笑した。

「ありがとう。詳細も把握できたわ。これで、あいつの弱味を完全に握れた。もう私の邪魔はできないでしょう」

この女……同情しかけて損したわ。

凛子は後悔した。

袋小路も呆れたように嘆息し、立ち上がった。

「では、これで……」

「ああ、それから。退職金の件。残念だけど、希望額から一千万引くことになったわ。あれだけの事があったからね」

「……分かりました」

袋小路は感情を出さずに出口に向かう。

凛子も後に続こうとした。

「待ちなさい。話は終わってないわ」

雅が立ち上がり、振り返った袋小路と対峙《たいじ》した。

「言い忘れたけど……査定結果ね……最低ランクを付けられていたのは、私の評価。スタッフたちの評価は、初めから最高ランクだったわ」

「そうですか……」

袋小路の目に感情が宿った。

「あと！」

踵を返そうとする袋小路を雅がまた止める。

「もし、退職金だけで治療費が足りなくなったら……連絡して」

治療費？

雅の申し出が何を意味しているのか凛子には分からなかった。が、口を挟むべきことでないことは察せられた。

袋小路が首を傾げると、雅は椅子にストンと腰を落とした。

「……足りない分は、私が出すから」

袋小路はしばらく考え込み、黙って頭を下げた。

「それと最後の確認。〝黒幕〟のこと、あなたが一人で推理したの？」

袋小路は顔を上げ、「もちろんです」と言い切った。

凛子は袋小路と共にオフィスを出てエレベーターに乗り込んだ。

「あの……私からも質問いいですか」

「何だ」

袋小路は扉上の階数表示を見上げている。

「私……お咎め無しなんでしょうか。あんなことしたのに……」

クライアントを殺そうとした人間を会社が許すはずがない。しかし、結局そのことで雅から追及されることはなかった。

「ああ、それなら報告していない」

「え？」

信じられず、袋小路の顔を覗き込む。

じっと見ていると、袋小路がこちらを向いた。

「そうだった。伝言を頼まれていた」

「伝言……誰から？」

「誰からかは言えない。それに、このことは他言無用だ。酒を飲んでもな」

「……はあ」

もとより酒はやめるつもりだ。

すると、袋小路は小声で伝言を口にした。

凛子はエレベーターの床にへたり込み、嗚咽《おえつ》が止まらなくなった。

7

上司に〝黒幕〟の報告を行う二週間前――。

男は海辺の田舎《いなか》町を訪れていた。

地元の漁師が春採り昆布《こんぶ》を干している。その光景を横目に浜を歩いていると、砂上に放置された木造の廃船が見えた。甲板に青年が一人。座って本を読んでいる。

「よお」

男に声を掛けられた青年は途端に青ざめて身を固くした。

「そんな顔をするな。仕事じゃない」

男は敵意の無いことを表情と手振りで示し、青年の隣に腰を下ろした。

「読書にはもってこいの場所だな。やはりミステリーを読んでいるのか」

「……はい」

青年が閉じた本の表紙には『獣脳』とタイトルが書かれている。

「それ、面白いのか？」

「あの……どうして、ここが？」

青年は居場所がバレた理由を気にした。恐怖よりも好奇心が勝っているようだ。

男は眼前に広がる海を眺めた。

「探偵遊戯は逃亡者を許さない。必ず見つけ出し、処刑する」

話している内容は物騒だが、男の口調は穏やかだった。

「ただし、それは逃げたと知られた場合だ。死んだと思わせ、別人として生きれば、追手を差し向けられることはない」

青年は諦めたように俯いた。

「制作部の仕事を引き受けていたのも計画のうちだったのか？」

「いえ、それは違います。自分だけ仕事をしていないのが申し訳なくて」

「だが、死体の火葬を繰り返すうちに焼死体入れ替えのトリックを思いついた」

「……すいません」

「謝るな。どっちみち計画どおりに進むことなど滅多にない。瀬々は死んでいたよ。詰所の一室でな」

「そうですか……」

「『グリム』の死体と入れ替わり、島を脱出するところまでは想像がついた。分からないのは、その後だ。今の時代、別人になりすまして暮らすのは至難の業だ。足が付けば即殺される。お前がそんな無計画な行動に出るとは考えられなかった」

青年は否定も肯定もしない。

「取っ掛かりは、お前が制作部の仕事を主力クラスでこなしていたことだ。我々には、過去、探偵遊戯に参加した〝被害者〟たちのリストがある。その全てが社会との関わりが薄く、消息不明になっても誰にも気に掛けられない連中だ。かつてのお前のようにな」

「……」

「お前が別人として生きられるとすれば、過去の〝被害者〟と入れ替わるしかない。だから、リストの中から、お前と年齢の近い該当者を絞り込み、その戸籍を一つ一つ訪ねて回った」

「え……全部調べたんですか」

青年は目を丸くした。

その様子を見て、男は軽く噴いた。

「割と早く当たりを引けたがな」

青年も噴き出す。

「やっぱり敵わないや」

「自慢するために、はるばる来たわけじゃないんだ。お前が島でやったことを全て聞かせてほしい」

「……分かりました。どうせ僕は小園間《こえんま》さん……じゃなくて袋小路さんに拾われていなかったら奇岩館《きがんかん》で死んでいましたから」

青年は哀しそうに微笑し、裏のシナリオについて告白した。

どうしても自分の書くシナリオで人が死ぬことを許容できなかった青年は〝被害者〟候補の二人を、すでに死んでいる人間と入れ替え、島から脱出させる方法を考えた。さらに自身も探偵遊戯から逃げる手筈を整えた。

「表と裏、二本のシナリオを平行して作ったのか。そりゃあ、何度も修正を繰り返したわけだ」

男は納得した。

「試行錯誤の結果、修正が増えたのも事実ですが、ギリギリまでシナリオの提出を遅らせたのは意図的です。焼死体に見せるための死体を用意するには、別の探偵遊戯と

連続開催でなければならなかったので」

「それもわざとだったのか……出嶋にも迷惑かけたじゃないか」

「すみません……」

「いいから、続けろ」

急かされた青年は、〝被害者〟候補の二人に話を持ち掛け、入れ替えトリックに及んだ経緯を明かした。後日、上司に報告した内容だ。

「凛子が撃った拳銃は空包だったんだな」

「はい。数回トリガーを引くと空包が出るようにしておきました。一臣が動揺するのは予測がついたので、自分の腹をナイフで刺してから、離れの中に飛び込みました。傷口はジャケットで隠し、凛子が空包を撃ったタイミングでジャケットのボタンを外しました」

「あの血は本物か。かなり出血が酷かったが……」

青年はシャツをまくった。腹には包帯が痛々しく巻かれている。

「あの位しないと、すぐ疑われますから」

青年は男の顔を見た。

「人を猜疑心《さいぎしん》の塊のように言うな」

「凛子が建物に火をつけて避難したところで、離れの窓から出ました。森に隠してあった死体に本のページを握らせ、離れに戻す。そこから先は意識が朦朧としていて、

あまり覚えていません」

「一臣には？」

「伝えていません。最後の一人ぐらいなら殺害に失敗しても不審がられないだろうから、死なずに済むと思ったので」

「そうか……だいたい理解できたよ」

男は立ち上がろうとして、また腰を戻した。

「凛子に託した言葉――あれはどういう意味だ？」

「託した？」

「『僕の代わりに謎を解いてください』と言ったそうじゃないか」

「そんなこと言ったのかな……なにせ本当に意識を失いかけていましたから。ただ――」

青年はしばらく考え込んでから、静かに口を開いた。

「言っていたとしても不思議じゃありません。誰かに僕の推理を否定してほしかった」

「……どういう意味だ」

「〝黒幕〟の正体について、です」

「見当がついているのか？」

青年の顔が急に曇る。

「誰なんだ！　〝黒幕〟は？」

青年の推理はまとまっていた。

出世競争のライバルを消すと同時に探偵遊戯が破綻しないよう細工した〝黒幕〟の策略。これも後日、男は上司に伝えることとなる。

「〝黒幕〟は表と裏、両方のシナリオを知っている人物ということか」

「単にシナリオを把握していただけじゃありません……偶然シナリオの内容を知ったからといって、茶近殺しを破綻なく入れ込むのは無理です。しかも最終的なシナリオを提出したのは開催の直前だった」

「だが、事実、〝黒幕〟はシナリオに茶近殺しを組み込んだじゃないか」

「いえ。組み込んだんじゃありません。あのシナリオは……本来、殺されるはずのない茶近を探偵遊戯の中で殺すために練られたシナリオだったんです」

「どういう意味だ？　シナリオを書いたのは、お前だろ」

「書いたというより……書かされたんです」

「〝黒幕〟が……お前に書かせた？」

嘘だろ。

男は脳裏に浮かんだ一人の顔を懸命に振り払った。

「シナリオそのものをコントロールできる人間以外、あそこまでの段取りを組むのは不可能です。そして、僕は着想から修正作業に至るまで、ある人の影響下にあった」

クライアントとのミーティング直後、シナリオ執筆を拒む青年に閃きを与え、シナ

リオ完成まで二人三脚で過ごした人物――。

　青年はまだ、その名を言おうとしない。

　男も口にしたくなかった。

「麻生メグ――か」

　青年は黙って俯いていた。

「支部長には本部時代、二人の日本人ライバルがいた。一人は茶近だったが、もう一人がメグ……」

「……麻生さん、今は何を？」

「異動になったよ。どこに行ったかは知らん」

「おそらく、麻生さんも監査員でした」

「メグが？　しかし……」

　監査員が二人いたなどと、上司からは聞かされていない。

「くそっ、そんなに部下を騙したいのか」

　男は拳で甲板を叩いた。

「茶近がキャスト、麻生さんがバックヤード、と監査対象を分担していたんじゃないでしょうか。そう考えると、支部長が情緒不安定だったのも理解できます」

　たしかに、様子がおかしかった。猫なで声を出していたかと思えば、急にいつものヒステリー。態度がコロコロ変わっていた。

「今思えば、支部長がいつもの振る舞いに戻っていたのは、麻生さんが席を外していた時です」

「……そうだったかな」

「茶近の処理について、支部長が意思決定する際も麻生さんの一声で判断を変えていました。監査員の麻生さんに気を遣っていたんでしょう。ただ、証拠はありませんし、僕は信じたくない……」

袋小路は砂のついた手を払った。

「ここから先は会社の仕事だ。支部長に報告しておく。どうするかは上層部で決めてもらうさ。それで、お前は？　今後のことは決まってるのか？」

「今後……だって、それは……」

おどおどする青年を見て、男はまた噴き出した。

「安心しろ。お前のことは報告しないよ」

「……ありがとう……ございます」

青年は安堵の息を吐いた。が、すぐに悲しげな表情に変わる。

「……何も決まっていません」

「一緒だな」

男は豪快に言って立ち上がった。

もう青年に会うことはないだろう。

「あの……」

振り返ると、青年も立ち上がっていた。

「身体……どこか悪いんですか」

心配そうに男の顔を窺う。

なんだよ、こいつも気づいていたのか。

「他人の心配なんてしている場合か」

「……ですね。すいません……あと、ついでと言ったらアレですけど、お願いがあるんです」

「大したことはできんぞ」

「凛子に……あの人に会うことがあったら伝えてください」

「……会うことは無いと思うが……もう退職金を受け取るぐらいしかやることがないんだから」

「ええ。もし会ったらで構いません」

「何を言えばいい」

男は、この伝言を後にしっかり届けることになる。

青年は波の音が静まるのを待ってから言った。

「ごめんなさい。あなたは誰も殺していない」

本書は書き下ろしです。
この物語はフィクションです。作中に同一の名称があった場合でも、
実在する人物、団体等とは一切関係ありません。

宝島社
文庫

バスカヴィル館の殺人
（ばすかうﾞぃるかんのさつじん）

2025年1月22日　第1刷発行

著　者　高野結史
発行人　関川誠
発行所　株式会社 宝島社
〒102-8388　東京都千代田区一番町25番地
電話：営業 03(3234)4621／編集 03(3239)0599
https://tkj.jp
印刷・製本　中央精版印刷株式会社

Printed in Japan
ISBN 978-4-299-05944-4